啓功說詩文聲律

商務印書館

啓功說詩文聲律

作　　者：啓　功
責任編輯：趙　梅
出　　版：商務印書館（香港）有限公司
香港筲箕灣耀興道 3 號東滙廣場 8 樓
http://www.commercialpress.com.hk
發　　行：香港聯合書刊物流有限公司
香港新界大埔汀麗路 36 號中華商務印刷大廈 3 字樓
印　　刷：中華商務彩色印刷有限公司
香港新界大埔汀麗路 36 號中華商務印刷大廈 14 字樓
版　　次：2013 年 6 月第 1 版第 1 次印刷

ISBN 978 962 07 0360 7

目錄

説詩文聲律

這個，感謝香港商務印書館給我把我這本書、文字的書變成錄像、錄音，這個是很有關係，因為聲律它是以平仄為最基本的一個條件，這種在紙篇上它永遠寫不清楚這個聲音來。所以用這個聲音表達是最可以適宜的、直接的，讓聽的人直覺的這個韻律是怎樣形成，怎麼成為韻律的。所以我覺得很感謝給我錄像錄音。

我現在這小冊子題目叫《詩文聲律論》，因為它是寫在紙上的，就是個稿子，所以就是「詩文聲律論稿」。出版過一本書，這本書呢也有出過幾種版本。為甚麼要寫這東西呢？我是一直教這個古典文學的，教了幾十年，這其中呢也要教這個詩歌的這個項目，自己呢學過這個，也學着做這個。但是給學生講，怎麼就能用很簡單的話來説明概括它的這個總的這個規律。不好表達，我總在想，我想用一種圖表性質把它表現出來，那麼現在呢我就寫了這本書，這裏頭主要的是合乎律調的這為主，還有一種叫拗體。拗體呢是變態的，變態的那個這個書裏也有，但是既是拗體、既是變態的，這裏就不多說了。所以這一次的錄音我就特別着重於這個律調，律調的這個格式、律調的這個規律是怎麼樣子來的，這是我這個書編輯的經過，怎麼想的或者怎麼寫的。

那麼為甚麼叫「詩文聲律論」呢？詩、文聲律，詩歌有聲律容易明白，詞曲有聲律容易明白，古文韻文有聲律也好明白，可是散文怎麼也有聲律問題呢？我這末一章就講散文也有聲律問題。按照這個聲律的這個規律來寫作、來讀誦，它就效果好，不按這個寫它就效果不好。從前人寫的人、聽的人都以為，很自然說這個人呢有功夫，能夠做過許多的文章、有過這個經驗，但是沒說明白它經驗是甚麼？經驗的那個主要東西在哪點兒？我這裏頭寫的這樣一個問題。那麼這樣子呢，所以有許多人說，說是學古文與其唸這個書本，不如聽這個有名望、有經驗的這個人朗誦這個古文，聽他朗誦一回他自己就會做了，做得就好了。這個是學講古文的人都知道這句話，但是為甚麼聽人朗誦就能夠增加這篇古文的藝術效果？為甚麼？我這裏頭有個解剖，拿這個平仄韻律解剖它就可以明白。這個裏頭我在後面許多節裏頭提到這個問題，這裏我就不多說了，在後面的那個種類，每一個文學種類它的韻律的特點在個別章節裏頭反映出來。這裏我總括來說，這是第二個方面。

一提聲律大家就想有吟誦，吟誦好像戲劇曲藝的品種，甚麼曲子應該怎樣唱，其實這個是一個誤解，這是個誤解。為甚麼拿腔做調地吟誦？它有一個目的。那麼吟誦好記，自己嘴裏說出來耳朵聽進去，這個好記。那麼唸過的這首詩、唸過這篇文，高聲朗誦一段兒，自己聽進去比不源意、就眼睛只看這文字那就記得快得多，所以各自有各自每個人吟誦的辦法、吟誦的習慣，沒有一定的譜子說七言詩怎麼吟誦，五言詩怎麼吟誦，沒有這回事情。長詩怎麼吟誦，短詩怎麼吟誦，不是這回事情。就是我怎麼吟誦，我吟誦的合適，我聽着習慣，它就幫助我記憶。這個就是為這個，很多位歌唱家也問過我古詩怎麼吟誦？我說我吟誦出來你學不了。這個它事實不是唱崑曲，「雨順風調萬民好」怎麼唱，那是有一定的譜子，可是詩歌吟誦沒有那回事情。古文也是這樣子，那麼這個更多的方面。這個吟誦是這個樣子，這回呢我在適當的地方我按我自己的習慣，就是我唸這個東西我自己給我自己聽的，就這樣子，因為呢我聽過許多位吟誦全部一致，他沒法子一致，所以這就是這個問題。這個我總括起來呢，我就是這樣的這個書裏頭貫穿這麼這幾方面。底下呢，就是我有幾個小題目，分類的小題目我這裏不說了。因為甚麼呢，因為書前頭有一目錄，每次我的錄音是每一個小題目先說出底下講的這個小題目之下的解釋。所以這就是我現在概括說一下我這個全書的一個總的一個設想、一個用意。下一部分，我要在錄音的時候沒法子錄上插圖，今天補這幾個插圖，插圖有這麼幾個重要的項目，待會兒我們就專講、解釋一下這個插圖。

我這個書叫「詩文聲律論」，為甚麼叫詩、文聲律？我的目的是想要從詩、詞、曲、文、駢文、散文，一貫的，就是可以解釋用我這個說法解釋這些個文學品種，這個東西主要的都剝開它的附屬品、它的附屬條件，歸根結底就是一個平仄問題。甚麼叫平仄？

是一個行話，平聲仄聲，還有講成「平聲側聲」的。其實就是兩個聲音，一個高一個矮，高高矮矮、矮矮高高就是平仄，平聲就是高，仄聲就是矮，仄仄平平仄，就 是矮矮高高矮，平平仄仄平就是高高矮矮高，就這麼回事，就是平仄的變化，就語音的抑揚。有抑的就是仄聲、就是矮聲；揚聲就是平聲就是高聲，就是這個東西。所以 我這個書整個兒的就是講用這個平聲仄聲這兩個聲音的基調來貫串研究這個詩歌、詞曲、駢文、散文，就是這個東西，現在我整個這個書就是講這個東西。為甚麼串起來，拿甚麼串起來？就是拿這個東西串起來。現在我後面又分出多少個小節來，一節一節的，這個單個別的講。這裏頭當時在錄音的時候沒法子錄插圖，今天補充一些個插圖。

有一個問題就是剛才我已經說過了，就是吟誦。吟誦大家總覺得像曲子一樣、戲曲一樣，這個怎麼樣子，那一個調子應該怎麼唱法，還有譜子。詩歌這種吟誦不是那回事，就是為拿腔做調自己耳朵聽着好記。真正拿腔做調吟誦一回它就容易記，記得就很牢固。那麼，拿眼睛看這個字啊，就容易忘。注意每個作詩的人他都會拿腔作調去吟誦，問他有沒有固定的譜子呢？沒有一定的。它跟那個歌曲、戲劇，那個唱法不是那麼嚴格、那麼樣死板。

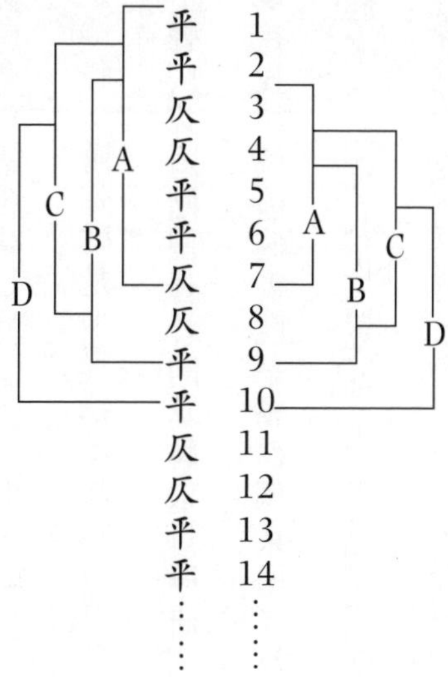

五言句

七言句

這個詩歌「仄仄平平仄，平平仄仄平」哪兒來的？為甚麼就這樣成為一個格律呢？七言「平平仄仄平平仄」又哪兒來的呢？我就想怎麼就探討出來它是五言律句、七言律句怎麼形成的？我列出平仄律句的一個長線，我說它就好比一個竹竿，我把它切開，「仄仄平平仄」，「仄仄平平仄」這個合起來就是五言的A式句，「平平仄仄平」這個就是五言的B式句，然後是「仄平平仄仄」這是五言的C式句，「平仄仄平平」這個就是五言的D式句。那麼這個長的竹竿兒上截出四種基本的句式，再有變化都是變態的，正規的、正式的沒有再出這四個形式之外的。七言的就是「平平仄仄平平仄」這是七言A式句，「仄仄平平仄仄平」這是七言的B式句，然後是「平仄仄平平仄仄」這是七言的C式句，「仄平平仄仄平平」這是七言的D式句，這個就是所有的五言七言律句的基本來源、基本格式。這個對於教書、對於教這個古典詩歌，這是一個最方便、最簡單容易記的一個辦法。哪兒來的這個律句，就是這兒來的。這是頭一個。

五言句

	壹貳叁肆伍
A	【(平)平〔(仄)仄平平仄〕】 五言可變兩式 七言可變四式
B	【(仄)仄〔平平仄仄平〕】 五言不能變 七言可變兩式
C	【(平)仄〔(仄)平平仄仄〕】 五言可變兩式 七言可變四式
D	【(仄)平〔(平)仄仄平平〕】 五言可變兩式 七言可變四式
	一二三四五六七

七言句

【 】內為七言句，〔 〕內為五言句。

這個再把五七言句子拿來做一個詳細的表，五言句就是這兒起「仄仄平平仄，平平仄仄平」，七言就是「平平仄仄平平仄，仄仄平平仄仄平」。那麼這個頭一個字，七言的頭一個字可以換，這是「平平仄仄」，這個圈就可以「仄平平仄」，這個「仄仄平平」可以改為

「平仄平平」，這是可以活動的四個。這個五言的呢，只能活動一個，「仄仄平平仄」可以改為「平仄平平仄」，第二「平平仄仄平」呢不能改成「仄平仄仄平」，這個地方沒有圈，就是這個定死了就是「平平仄仄平」。那麼這個呢，就是變了，「平平仄仄」，第C種句式是「平仄仄平平仄仄」，「仄平平仄仄平平」，合算是七言的可以換四個，五言的可以只能換三個。就是這個五言B式句的頭一個字「平」不能改為「仄」，就是這麼回事。所以說這個方括弧裏頭是七言句子，這是七言句子，這是七言句子，這是七言C式句，七言D式句。可以應該變八個句式，只有五言的變三個，七言的變四個，合起來只能變七個不能變八個　。這個東西，這個特點就是我下面那個表裏頭有一個黑三角就是這個字。這個就是五言句的變化、七言句的變化就在這個圖表裏：五言可變兩式，七言可變四式；這個五言不能變，七言可變兩式；五言可變兩式，七言可變四式；五言可變兩式，七言可變四式。這樣子，就這兒短一個，七言的第一個字可以變四個，七言的裏頭包括五言的句子，這個B式的第一個「平」字不能變，所以結果就是七言變七個，五言變三個。

五、七言律調句式表 A

【(平仄)平（(平仄)仄平平仄）】

1【平平（仄仄平平仄）】七、五言A1
2【仄平（平仄平平仄）】七五言A2
3【平平平仄平平仄）】七言A3
4【仄平仄仄平平仄）】七言A4

這個七言律調句式表就是為把單拿出來七言律調句式再說一回，這個呢就跟前頭那表是一個道理的。

這是A，您往下看B。

五、七言律調句式表 B

【仄平仄（平平仄仄平）】△仄

1 【仄仄（平平仄仄平）】 七五言B1

2 平仄△仄平仄仄平

3 仄仄△仄平仄仄平

4 【平仄平平仄仄平）】 七言B4

換一個，B，這是B，B式裏頭就有這麼一個三角，這個是絕對不能隨便換的，它是平平仄仄平，這要用仄，七言可以用仄，但是五言不能用仄，所以這個仄呢用一個三角把它括起來，就是告訴人這是很重要的位置。底下是C。

五、七言律調句式表 C

【平仄 仄（平仄 平平仄仄）】

1【平仄（仄平平仄仄）】七、五言C1

2【仄仄（平平平仄仄）】七、五言C2

3【平仄平平平仄仄】七言C3

4【仄仄仄平平仄仄】七言C4

這是C，這就不存在問題了，然後這就沒有那個三角了。

五、七言律調句式表 D

【平（仄平）平（仄平）仄仄平平）】

1 【仄平（平仄仄平平）】 七、五言 D1

2 【平平（仄仄仄平平）】 七、五言 D2

3 【仄平仄仄仄平平）】 七言 D3

4 【平平平仄仄平平）】 七言 D4

（B式句中的◬仄是律調句式中沒有的，所以B2、B3是非律句。）

D，也一樣的，這個就過去了，就是這樣，讓人重新溫習一下為甚麼那塊兒有那個三角。

七五六四言律調句式表 A

【((平/仄平(仄/平仄平平))仄)】

1 【((平平(仄仄平平))仄)】 七言、五言 六言、四言 A1A1

2 【((仄平(平仄平平))仄)】 七言、五言 六言、四言 A2A2

3 【((平平平仄平平)仄)】 七言 六言 A3 A3

4 【((仄平仄仄平平)仄)】 七言 六言 A4 A4

【　】內為七言句，〔　〕內為五言句。
(〔　〕)內為六言句，(　)內為四言句。

底下再看一個七言五言（口誤，應為七五六四言）律調句式總表，下面一個。這個最重要了，這個是「平平仄仄平平仄」，所以七言的開始或者平或者仄都可以用。在這個

A式句的時候，這個五言的頭一個是仄或者頭一個是平都可以，那麼這樣子呢，「平平仄仄平平仄」，七言五言的A1式句。然後六言、四言A1式句，這是仄仄平平、平仄平平，那麼仄仄平平仄，這是五言的，平平仄仄平平，這個是六言的。這個是四言的，這是四言的，這是六言的，這是五言的，這是七言的。這一個表裏頭可以表現七言、五言、六言、四言，都在這表裏頭表現。那麼這個，在這個裏頭沒有六言的，不用拉六言的句式，說不出來了，就是「平平平仄平平仄、仄平仄仄平平仄」，七言的A3，六言的A3，六言是「平平平仄平平」，六言的是「仄平仄仄平平」，七言的A4、六言的A4，這是A，第一行的表。請換第二行表。

七五六四言律調句式表 B

【((仄[平仄]((平[△仄平]平仄仄))平)】

1 【((仄仄((平平仄仄))平)】 七言、五言 六言、四言 B1B1

2 平仄△平仄仄平

3 仄仄△平仄仄平

4 【((平仄平平仄仄))平】 七言B4 六言B4

【 】內為七言句，(( ))內為五言句。

(( ))內為六言句，( )內為四言句。

B，這個七言B1，是「仄仄平平仄仄平」，七言的B1；「仄仄平平仄仄」，就是六言；四言B1就是「平平仄仄」或「仄仄平平仄仄」這個六言，七言是「平仄平平仄仄平、仄仄平平仄仄平」，這個地方只能用平不能用仄。因為甚麼，因為它這兒行話叫做「不許犯孤平」。孤單一個平聲啊，被兩個仄聲夾起來就壞了。所以在律句裏頭，平仄、平平仄仄平，這兒要加一個仄，兩個仄夾擊一個平，就不行。所以這個是很要緊，這個黑框三角。這是七言的B4，六言的B4，就是平，「平仄平平仄仄」，這是六言的。七言的是「平仄平平仄仄平」，七言的B4。這是第二行的。

七五六四言律調句式表 C

【((平/仄 平〔(平/仄 平平仄))〕仄〕】

1 【((平仄〔(仄平平仄))〕仄〕】 七言、五言 C1；六言 B5、四言 B3

2 【((仄仄〔(平平平仄))〕仄〕】 七言、五言 C2；六言 B6、四言 B4

3 【((平仄平平仄))仄】 七言 C3；六言 B7

4 【((仄仄仄平平仄))仄】 七言 C4；六言 B8

【　】內為七言句，〔　〕內為五言句。
(())內為六言句，(　)內為四言句。

這個總表的C，這個句子就是七言、五言的C1，六言的B5，四言的B3。七言的、五言的C2，六言是B6，四言是B4，就有這麼些個變化。就拿這個括弧就可以找出來了。在這樣的一個括弧裏頭就是六言，在這樣就是四言，這個是六言，這個是七言。這是六言，這是七言。C。

七五六四言律調句式表 D

【平（平/仄）〔仄（平/仄）仄平平〕】

1 【仄平〔平仄仄平平〕】七言、五言 D1
2 【平平〔仄仄平平平〕】七言、五言 D2
3 【仄平仄仄仄平平】七言 D3
4 【平平平仄仄平平】七言 D4

【 】內為七言句，〔 〕內為五言句。
(〔〕)內為六言句，（ ）內為四言句。

D，這就更少了，五言就D1，七言D2，七言D3，七言D4。就是在這麼一個總表，這個總表裏頭四種句式都在這個表裏頭出現。這個插圖阿，可以插進那個本文的那個，應該在哪個位置，現在不用查出。

在前面，在總的一個前言裏我已經說了一個關於吟誦它不是固定的一種唱法、樂譜、樂調，不是這個，就是自己怎麼樣子、習慣於拿腔作調地把它唱出來、幫助自己的記憶。我在前面一個前言裏頭已經說了，再說一遍。就是說吟誦，古體詩歌吟誦，為甚麼要吟誦？有人一誤以為這種吟誦有固定的一種譜子，或者有流派，有甚麼樣子的譜子，甚麼樣子的調子，才可以吟誦，其實呢它是個誤會。吟誦各自有各自的辦法，就是拿唱作調把它變為自由的歌唱，這樣子呢幫助自己的記憶。要只看書篇兒，只看那個字，它就記不住。能夠把它拿唱作調地唱給自己聽就記得牢靠、就記得住。這樣子呢對每個人、讀書人有每個人的習慣唱法，那麼這個也沒有一定的譜。古文，比如說「夫天地者，萬物之逆旅」「山不在高，有仙則名」，甚至於「秦孝公據崤函之固，擁雍州之地」等等，這是一種。清朝作八股文，作八股文也……問題當時被稱「唱八股文」，就因為它好記，好把抑揚頓挫記住。這樣子呢，就產生這個吟誦的不同的調子，事實上每個人有每個人的習慣唱法。那麼我現在也只能說我個人的習慣唱法，就是甚麼呢？就把抑揚的聲音、平仄的聲音表達出來。平聲唱個揚調，仄聲唱個抑調，就完了。那麼中間加上一點兒所謂的、好像是美聲。事實上我這個聲音要唱出來不但不美，人家聽了就要成為、成為可笑的聲音了。事實上拿唱作調就是有意識的、試着做這個美不美，唱法不一樣。不美聲音的唱法，比如說五言的，杜甫：好雨知時節，當春乃發生。隨風潛入夜，潤物細無聲。啊，就說這四句吧，「好雨知時——節，當春——乃發生。隨風——潛入夜——，潤物細無——聲。」這樣子我拿腔作調，人家聽着也許很不好，可是我就記住了。七言的，比如說：「玉露凋傷——楓樹林——，巫山——巫峽氣蕭森——，江間波浪兼天——湧——，塞上風雲——接地陰。叢菊兩開他日淚——，孤舟——一繫故園心。寒衣——處處催刀——尺，白帝城高——急暮砧。」那麼這個問題呢，就是抑揚頓挫把它表現出來了。可是我唱的時候，由於要追求那個調子，有的時候這個抑揚並沒有表達的那麼準確，這個是沒有辦法。自己看着這個書，來唱這個調子，幫助記憶，就是這麼回事，起這個作用。比如說，長的古詩也是這樣子，仄聲的古詩、仄韻的古詩：「潯陽江頭夜送、客，楓葉荻花秋瑟瑟、主人下馬客在船，舉酒欲飲無管弦。醉不成歡慘將別、別時茫茫江浸月。忽聞水上琵琶聲，主人忘歸客不發——。」比如說：「弟走從軍阿姨死，暮去朝來顏色故——。門前冷落車馬稀，老大嫁作商人婦——。商人重利輕別離，前面浮梁買茶去。去來江口守空船，繞船明月江水寒。夜深忽夢少年事，夢啼妝淚紅闌干——。」這個自己怎樣唸都行，搭調也罷，不搭調也罷，人家聽，愛聽怎樣怎樣，我唱就為我聽見之後記得清楚，要明白這個道理，就不必細追求。有人把這個平仄錄下音來，給它記、翻成不管是簡譜還是五線譜，翻完了之後，全部一句，張某人讀的是一種調子，李某人讀的又一種調子，它永遠合不到一塊兒，因為他個人是這麼一個唱法。那麼要明白這個原因，這就為他拿腔作調唱起來，耳朵聽着好記、容易理解，那麼就達到了。我現在補充一點兒這個問題，也不知道能不能夠解決這點、這個吟誦的問題。

詩文聲律論稿

啓功

（一）緒論

本文所要探索的是古典詩、詞、曲、駢文、韻文、散文等文體中的聲調特別是律調的法則，所採取的方法，是攤開這些文學形式，分析前代人的成說，從具體的現象中歸納出目前所能得出的一些規律。但如果問這些規律是怎樣形成的，或者問古典詩文為什麼有這樣的旋律，則還有待於許多方面的幫助來進一步探索，現在只能攞出它們的「當然」，還不能講透它們的「所以然」。這些初步結果，僅能說是進一步研究的階梯和材料而已。

古典文學形式中，有一種規矩嚴格的詩歌，人稱它為「律詩」，由於它完成在唐代，所以唐代人稱它為「近體詩」或「今體詩」，後世也就沿稱。這都是對著「古詩」、「古體詩」而起的名稱。所謂「律」，是指形式排偶与聲調和諧的法則，也就是指整齊化和音樂化的規格，所以這種律又被稱為「格律」。至於詞、曲，根本即在音樂的聲律中，因此並無「律词」、「律曲」等名稱。在文章方面，除「律賦」外，雖沒有特標「律」字名稱的文體，但也有講求聲调和谐的作品。無論诗、词、曲、文，律化的條件都有兩个方面：一是字句形式上的要求，一是聲调配搭上的要求。字句形式整齊排偶這一方面究竟比較簡單；而令人覺得複雜的，要屬於聲调配搭怎樣和谐這一方面。本文所要探索的即是這後一方面的问题。题目所標稱的「诗文」，是包括古典文學中诗、词、曲、駢文、韻文、散文諸種形式。先從诗談起，推至其他體裁。

從前人對於詩、詞、曲的聲調格式，常是憑硬記的，或把一些作品畫出平仄譜子來看，或找幾首標準的作品來熟讀。還有人統計若干種正規格式和變態格式的詩以至詞曲，輯成譜錄。詩的聲調譜式自王士禛《律詩定體》以後，有許多人補充和續作，前代日本人也曾有過一些著作，他們陸續研究，各有功績。詞、曲譜式也有很多專書，這裏都不及詳舉。

經過對各種文體聲調的探討，看到聲調抑

揚的現象是古代漢語習慣的一个部分，也是古代漢語語言藝術的一个部分。本文擬分別解剖古典文學形式中詩、詞、曲、駢文、韻文、散文声调方面的一些現象。各種古典文學形式，隨着它們內容的不同，声调的運用也並不一律。即以詩歌為例，在律詩完全成熟以後，有人在作某些作品時，為了適應它的特定內容，仍然有採用非律调體裁的。所以並不能對一切古典詩文形式都用這種律调來要求，尤其不是說今天學習創作詩文的人都須要採取這些古典形式和它的格律。

（二）四聲、平仄和韻部問題

自古代至現代的全國漢語方音，如從複雜的方面講，許多字的讀音，各時代、各地區互有不同，可以說是千差萬別；如從簡單的方面講，今天各地的方音，雖然仍很複雜，但從大的範圍上看，可以歸成兩類：如吳、閩、粵等方言區域的語音可算甲類；以上區域之外的大部分普通話區域（從前稱為官話區）的語音可算乙類。

方音有種種差別，有些地方，平上去入四声各分陰陽，甚至可多到九声、十声，但無論各有幾声，都可以概括地分為兩大調，即「平」（包括陰平和陽平）和「仄」（或稱「側」，包括平以外的各声）。可以說平和仄（揚和抑）是漢語声調中最低限度的差別，也可以說是古典詩文声律中最基本的因素。

歷代韻書也有兩大類，※即是以甲類方音為基礎的一類和以乙類方音為基礎的一類。自《切韻》至《佩文詩韻》可算甲類，自《中原音韻》至「十三轍」可算乙類（甲乙兩類韻書，雖然是以甲乙兩類方音為基礎，但每類韻書並不能完全包盡每類區域中所有一切語音差別。並且古代甲類方音區域似比現代甲類區域廣濶，這兩類韻書中的讀音，在現代兩類區域人的發音中，也有部分的發展異同）。古代自有韻書以後，詩文創作多依韻書押韻，所以探索古代詩文声律，要先說明兩類韻書的問題。

A類韻書以唐人增修隋陸法言編的《切韻》

和宋人再修的《廣韻》為一大宗，它是古代文人作詩文押韻的標準，所以也可算古典韻書或「正统派」韻書。因此，雖β類區域的文人在作詩文時也都用它。這種韻書，字音分平、上、去、入四声，韻部分的較細，有二百零六个。直至清代的《佩文詩韻》，韻部雖有所合併，仍有一百零六个。這都屬於A類系统。

β類韻書最早出現的是元周德清編的《中原音韻》，字音共分陰平、陽平、上、去四个調類。那些A類韻書中的入声字，都分配進這四个調類中。還有些上声、去声的字也与A類韻書畧有出入。例如有以上作去的或以上作平的等等。所分的韻部也比A類韻書少的多。元明以來，以乙類方音作曲用韻，基本用這種字音調類和韻部。直至後世的「十三轍」以及近時新編新韻書，都屬於β類系統。

當然無論自《切韻》至《佩文詩韻》，或自《中原音韻》至「十三轍」，它們中間都曾出現過許多種韻書，但小異大同，並且不離他們各自所屬的Aβ類別，所以不再詳舉。

本文所论，是古典詩文的声律问题，所舉例句中各字的平仄讀音，都是按照A類韻書的標準，因為那些作者多是按這標準写作的。如果仔細探討元曲或乙類方音的其他歌曲，則應按B類標準。即在乙類方音的作品中，如遇以入作平的字，這字在它本句中，必居應用平声的位置。所以各字的讀音今天雖有甲乙區域的不同，但句律的平仄抑揚却是一致的。

有人分析某些唐代律詩是分四聲的，宋人某些词，元、明人某些曲，也是讲四聲的。按詞、曲為了歌唱，不但某些字要講四声，而且還要講陰陽清濁和發音部位。至於律詩中講四声的，唐代本来就不多，後世更少有人沿用。在詩文声律中，只有講平仄而不細拘四声的，却不可能有講四声而不合平仄的。總之，平仄即抑揚，是語音声調中最概括、最起碼的單位，平仄的排列是詩文声律最基本的法則，而選用陰陽声，分別上去入，則屬於藝術加工的範疇，所以本文只論平仄，不論四声。

（三）律詩的條件

律詩的條件，還沒見古代有人詳細提過。但從歷代著名作品看，約有四項：

一、一句之中和句与句之间的平仄，都有特定的規格；

二、平声韻脚，除有時首句入韻外，都是單句仄脚不入韻，双句平脚入韻；

三、以每首八句為基本形式（唐人有六句的律调詩，但極少。八句以上的稱為長律或排律。唐代科舉考试用五言六韻，计十二句，稱為「试律诗」。清代科舉考试用五言八韻，计十六句，稱為「试帖诗」。一般的長律不限句數）；

四 全诗首尾兩聯（每二句稱為一聯）對偶与否可以隨意，中間各聯必須對偶。

這第一項所说的特定規格和其中的變化，詳見下文；其它三項，還有一些特殊情况，應該畧加说明：

古代作品中，也有一首八句，中间對偶。但是仄声韻脚的，有人稱之為仄韻律诗，它们顯然和一般律诗不同，在各種按體裁分類的選本上，也少列為律诗，所以仍應算是古體诗。(注1)

有人问：绝句的平仄有合乎律调的，也有不合的，應该怎樣分類？按绝句的「绝」字是數量觀念，四句是一般诗篇起碼句數（特殊的有兩句、三句的，《诗经》和古樂府中偶見之），所以稱為绝句。在歷代编诗分體中，都没有再稱律调绝句和古调绝句。但我们若專從平仄声

律角度上看，却應和道它們有律调和非律调的差别。因為八句律诗的声律，實是兩个四句律调重叠組成的。（注乙）

至於律诗中的對偶問题，也有時有些例外，有中间兩聯並不全對，甚至完全不對的。例如：

A—1 昨(仄)夜(仄)巫(平)山(平)下(仄)

B—1 猿(平)声(平)夢(仄)裏(仄)長(平)

C—2 桃(平)花(平)飛(平)淥(仄)水(仄)

D—1 三(平)月(仄)下(仄)瞿(平)塘(平)

A—1 雨(仄)色(仄)風(平)吹(平)去(仄)

（AB1 2等標號和排列關係，見後邊第四章。）

B1　南行拂楚王（平平仄仄平）

C2　高丘懷宋玉（平平平仄仄）

D2　訪古一霑裳（仄仄仄平平）（李白《宿巫山下》）

此首各聯全不對偶，但声调完全合律。又：

A2　牛渚西江夜（平仄平平仄）

B非2　青天[無]片雲（平平平仄平）（[口]無是拗字，下同。拗句標號見後邊第九章。）

C非6　登舟[望秋]月（平平仄平仄）

D1　空憶謝將軍（平仄仄平平）

A2　余亦能高詠（平仄平平仄）

B1　斯人不可聞（平平仄仄平）

C 非6　明朝掛帆去（平平仄平仄）

D 1　楓葉落紛紛（平仄仄平平）（李白《夜泊牛渚懷古》）

此首全不對偶，雖拗三句，但各句關係全合，拗句亦是常見的普通拗法。以上兩首，除缺少對偶一項外，律詩的四項條件已具有三項，所以前代選詩仍把它們列入律詩。又有長篇詩歌，各句全是律調，排列關係也都合律，而基本上不用對偶的。例如：

B 4　初夢龍宮寶焰然（平仄平平仄仄平）

D 1　瑞霞明麗滿晴天（仄平平仄仄平平）

A4 旋仄成平醉仄倚仄蓬平萊平樹仄

B1 有仄个仄仙平人平拍仄我仄肩平

C2 嘗仄見仄馮平夷平殊平悵仄望仄

D4 鮫平綃平休平賣仄海仄為平田平

A2 赤仄逢平毛平女仄無平憀平甚仄

B4 龍平伯仄擎平將平華仄嶽仄蓮平

C4 少仄頃仄遠仄聞平吹平細仄管仄

D2 聞平聲平不仄見仄隔仄飛平烟平

A1 逡平巡平又仄過仄瀟平湘平雨仄

B1 雨仄打仄湘平靈平五仄十仄絃平

C2 恍[仄]惚[仄]無[平]倪[平]明[平]又[仄]暗[仄] ╱（對偶一聯）

D2 低[平]迷[平]不[仄]已[仄]斷[仄]還[平]連[平] ╲

A4 覺[仄]來[平]正[仄]是[仄]平[平]階[平]雨[仄]

B1 未[仄]背[仄]寒[平]燈[平]枕[仄]手[仄]眠[平]

（李商隱：《七月二十八日夜与王鄭二秀才聽雨後夢作》）

這首共十六句，像是排律，但全篇只有一聯對偶，它算是律詩或算是古詩，前代也有過爭論，我覺得律詩最重要的特點在於声调的合律，所以這首應与上邊李白兩首同樣看待，那二首可算不對偶的五言律，這一首可算不對偶的七言長律。

還有在律詩完全成熟和普遍流行以前，像南北朝後期到初唐，曾流行一種部分合律、部分不合律的作品，可算是過渡形式。唐代律詩成熟以後，還有人沿用或說模擬這種半熟的律體，李白的作品中即很多，杜甫也有些似乎故意不拘声律的律詩，不過是一時的變體罷了，這裏不多舉例。

（四）律詩的句式和篇式

詩文声调的律，都存在於兩个方面：一是

句中名字平仄的運用，即是句式的问题；二是篇中各句式的排列，即是篇式的问题。現在先谈句式。

我们知道，五、七言律诗以及一些词、曲、文章，句中的平仄大部是双叠的，因此试将平仄自相重叠，排列一行如下：

1 2 3 4 5 6 7 8 9 10 11 12 13 14……

平平仄仄平平仄仄平平仄仄平平……

這好比一根長竿，可按句子的尺寸来截取它。

五言的可以截出四种句式：

仄仄平平仄（今稱A式句）7即3至11至；7或

平平仄仄平（今稱B式句）5即1至9至；5或

仄平平仄仄（今稱C式句）8即4至12至；8或

平仄仄平平（今稱D式句）6即2至10至；6或

七言句是五言句的頭上加兩个字，在竿上也可以截出四種句式：

平平仄仄平平仄（A式句）5即1至11至；7或

仄仄平平仄仄平（B式句）7即3至13至；9或

平仄仄平平仄仄（C式句）6即2至12至；8或

仄平平仄仄平平（D式句）8即4至14至。10或

再將平仄長竿截取句式的情形圖解來看：

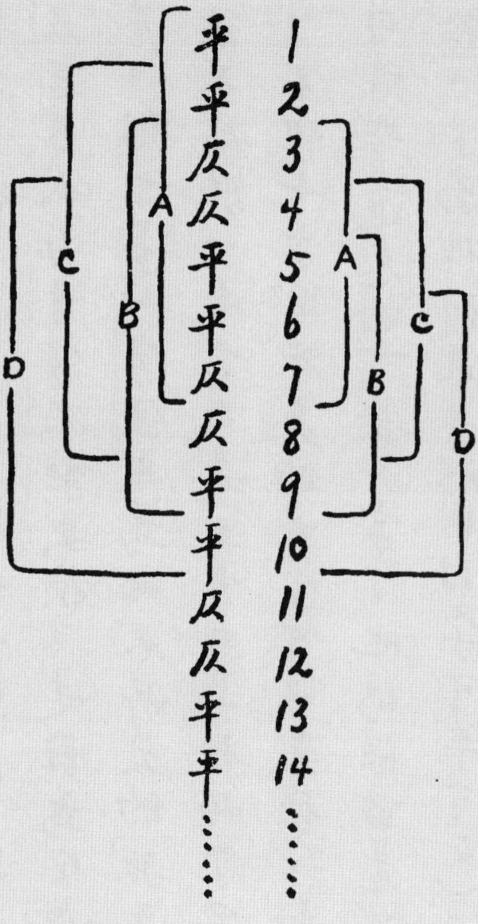

（五言句）

（七言句）

以上每句的平仄並非絲毫不能更動的，除

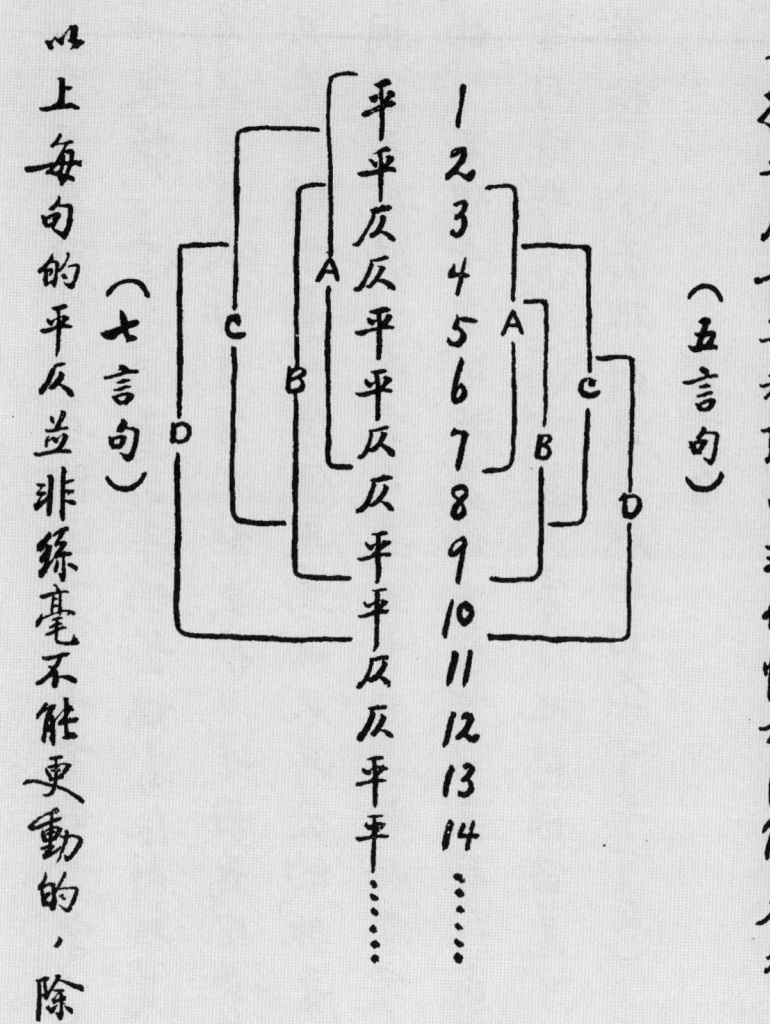

了五言B式句外，無論五言、七言的首字，都可以更換。這是因為句子的發端處限制較寬。只有五言B式句首字不能更換，是因為它如換用仄声，則下邊一字便成為兩仄所夾的「孤平」，声调便不好聽。七言句是五言句上加兩个字而成的，不但七言句本身的首字可以更換，即從五言句首帶進來的可換之字，也仍保留着可換的資格。下面排列來看（圈內字可平可仄）：

五言句

壹式叁肆伍

A 〖(平)平〔(仄)仄平平仄〕〗 五言可變兩式 七言可變四式

B 〖(仄)仄〔平平仄仄平〕〗 五言不能變 七言可變兩式

C 〖(平)仄〔(仄)平平仄仄〕〗 五言可變兩式 七言可變四式

D 〖(仄)平〔(平)仄仄平平〕〗 五言可變兩式 七言可變四式

一 二 三 四 五 六 七

七言句

〖〗內為七言句，〔〕內為五言句。

茲將句式變化列表如下，上截四行示可變各字，下截示變出各句式。

表一：《五、七言律调句式表》

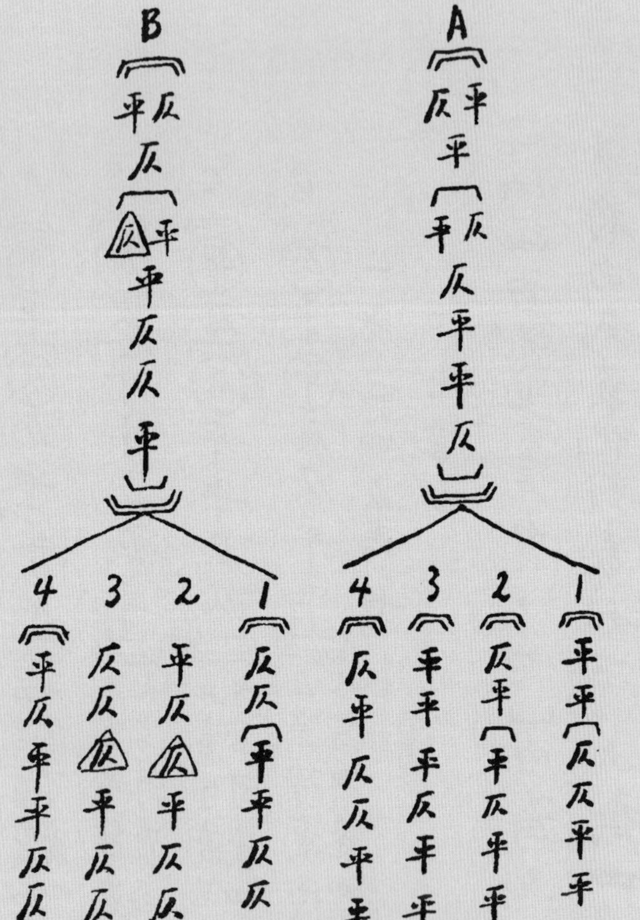
A
平仄
平
仄平
仄平平仄
1 平平仄仄平平仄
2 仄平平仄平平仄
3 平平平仄平平仄
4 仄平仄仄平平仄
A1 七、五言
A2 七、五言
A3 七言
A4 七言
B
仄平
仄
平仄
平仄仄平
1 仄仄平平仄仄平
2 平仄仄平仄仄平
3 仄仄仄平仄仄平
4 平仄平平仄仄平
B1 七、五言
B4 七言

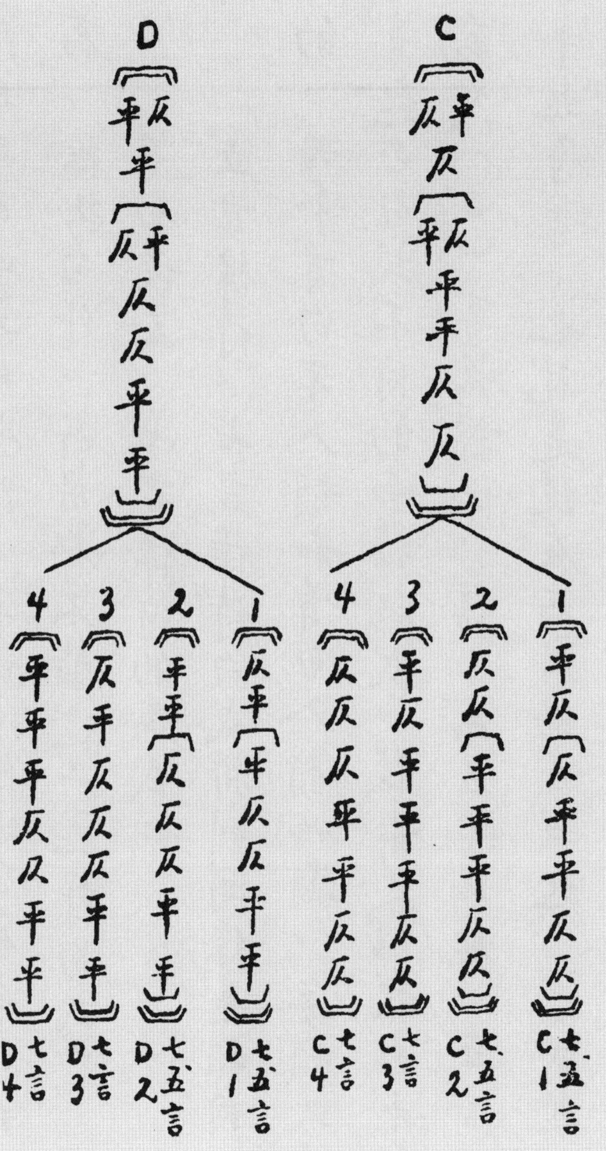

B式句中的㊀仄是律調句式中沒有的，所以B2、B3是非律句。

從上表來看，五言律句共有七樣，七言律句共有十四樣，在各式之內可以選用，但不能弄錯ABCD四式的界限。無論句子多少的律調詩篇，除拗句外，所用都不離這二十一樣句式。

下面談五、七言律詩的篇式：

五言律詩、七言律詩句式排列關係是相同的，共分首句不入韻和首句入韻兩類，每類又有起句句式不同的兩種格式。從前人以起句中第二字為標誌，稱之為五言仄起，五言平起等等，也就是現在所列的A式起、C式起諸式。

首句不入韻一類中，A式起句的，五言律舊稱「五言仄起不入韻式」，七言律舊稱「七言平起不入韻式」，它們的排列次序都是ABCDABCD。至於C式起句的，五言律舊稱「五言平起不入韻式」，七言律舊稱「七言仄起不入韻式」，它們的排列次序都是CDABCDAB。這種排列關係，是因為每聯中除可換字外，各字平仄都須相反，所以A式的對句宜用B式，C式的對句宜用D式。後一聯又須與前一聯不同，則

AB之後，宜用CD；而CD之後，宜用AB。由於此外沒有其他句式，所以八句律詩的後半，只好沿着前四句的排列次序重輪一遍。

首句入韻即是A、C式的首句換成D、B式的句子。這一類中，D式起句的，五言律舊稱「五言仄起入韻式」、七言律舊稱「七言平起入韻式」。它們的排列次序都是DBCDABCD。至於B式起句的，五言律舊稱「五言平起入韻式」，七言律舊稱「七言仄起入韻式」。它們的排列次序都是BDABCDAB。這裏換用的首句，要有兩項條件：一是要平声句脚的；二是除句脚一字和可換各字外，各字平仄須与對句相反。所以A式句只能換用D式句，C式句只能換用B式句。由於只換首句，所以八句的後半四句仍是沿着未換首句的排列次序重輪一遍。八句以上的排律，也是照這樣接連排下去。

以上的排列關係，即A配B，C配D，從前人稱之為粘對；如果配錯了，即A配了D，C配了B，稱為失粘，也就是不合律。

從前還有人把各種起句不同的合律篇式弄

分為正格、偏格、常调、變调，是沒有什麼必要的。

五、七言律诗的各種篇式舉例如下：

七言律诗

A B起式

（平起不入韻式）

A4 舍仄南平舍仄北仄皆平春平水仄

B1 但仄見仄羣平鷗平日仄日仄来平

C1 花平徑仄不仄曾平缘平客仄掃仄

D4 蓬平门平今平始仄為仄君平開平

五言律诗

A B起式

（仄起不入韻式）

A1 好仄雨仄知平時平節仄

B1 當平春平乃仄發仄生平

C2 随平風平潛平入仄夜仄

D2 潤仄物仄細仄無平声平

A1 盤飧市遠無兼味
平平仄仄平平仄

B4 樽酒家貧只舊醅
平仄平平仄仄平

C2 肯與鄰翁相對飲
仄仄平平平仄仄

D1 隔籬呼取盡餘杯
仄平平仄仄平平

（杜甫：《客至》）

C D起式

（仄起不入韻式）

C4 劍外忽傳收薊北
仄仄仄平平仄仄

D2 初聞涕淚滿衣裳
平平仄仄仄平平

A1 野徑雲俱黑
仄仄平平仄

B1 江船火獨明
平平仄仄平

C1 曉看紅濕處
仄平平仄仄

D1 花重錦官城
平仄仄平平

（杜甫：《春夜喜雨》）

C D起式

（平起不入韻式）

C2 林風纖月落
平平平仄仄

D1 衣露靜琴張
平仄仄平平

A2	却看妻子愁何在	仄平平仄平平仄
B1	漫卷詩書喜欲狂	仄仄平平仄仄平
C4	白日放歌須縱酒	仄仄仄平平仄仄
D2	青春作伴好還鄉	平平仄仄仄平平
A2	即從巴峽穿巫峽	仄平平仄平平仄
B1	便下襄陽向洛陽	仄仄平平仄仄平

（杜甫：《聞官軍收復河南河北》）

D B 起式

（平起入韻式）

A1	暗水流花徑	仄仄平平仄
B1	春星帶草堂	平平仄仄平
C1	檢書燒燭短	仄平平仄仄
D2	看劍引杯長	仄仄仄平平
A2	詩罷聞吳詠	平仄平平仄
B1	扁舟意不忘	平平仄仄平

（杜甫：《夜宴左氏莊》）

D B 起式

（仄起入韻式）

D4 昆平 明平 池平 水仄 漢仄 時平 功平
B1 武仄 帝仄 旌平 旗平 在仄 眼仄 中平
C2 織仄 女仄 機平 絲平 虛平 夜仄 月仄
D1 石仄 鯨平 鱗平 甲仄 動仄 秋平 風平
A3 波平 漂平 菰平 米仄 沉平 雲平 黑仄
B1 露仄 冷仄 蓮平 房平 墜仄 粉仄 紅平
C1 關平 塞仄 極仄 天平 唯平 鳥仄 道仄
D2 江平 湖平 滿仄 地仄 一仄 漁平 翁平

（杜甫：《秋興》）

BD起式

D1 清平 旭仄 楚仄 宮平 南平
B1 霜平 鐘平 萬仄 嶺仄 含平
C1 野仄 人平 時平 獨仄 往仄
D1 雲平 木仄 曉仄 相平 參平
A1 俊仄 鶻仄 無平 聲平 過仄
B1 饑平 鳥平 下仄 食仄 貪平
C1 病仄 身平 終平 不仄 動仄
D1 搖平 落仄 任仄 江平 潭平

（杜甫：《朝》）

BD起式

（仄起入韻式）

B1 背郭堂成蔭白茅（仄仄平平仄仄平）
D2 緣江路熟俯青郊（平平仄仄仄平平）
A4 榿林礙日吟風葉（仄平仄仄平平仄）
B4 籠竹和烟滴露梢（平仄平平仄仄平）
C2 暫止飛烏將數子（仄仄平平平仄仄）
D2 頻來語燕定新巢（平平仄仄仄平平）
A1 旁人錯比揚雄宅（平平仄仄平平仄）
B1 懶惰無心作解嘲（仄仄平平仄仄平）

（杜甫：《堂成》）

（平起入韻式）

B1 華亭入翠微（平平仄仄平）
D1 秋日亂清暉（平仄仄平平）
A2 崩石欹山樹（平仄平平仄）
B1 清漣曳水衣（平平仄仄平）
C1 紫鱗衝岸躍（仄平平仄仄）
D1 蒼隼護巢歸（平仄仄平平）
A1 向晚尋征路（仄仄平平仄）
B1 殘雲傍馬飛（平平仄仄平）

（杜甫：《重題鄭

氏東亭》）

五、七言平韻律调绝句，也各有四式，即是上列各式中每式前四句的声律格式，不另举例。

（五）兩字「節」

我們既知诗句中常常兩字一「頓」，或稱一「逗」（句中这類小距離、輕停頓，有人稱之為「音步」），例如仄仄或平平。因為它是前邊所说的那根平仄長竿上的小單位，所以可稱之為「節」。它又譬如一个盒子，有盖有底。但有時每節並不一定是兩仄或兩平，因為一節之中的上字声调有時可以活動，也就是盒蓋可以更換；下一字声调因係重要，也就是盒底需要穩定。所以應用仄仄的有時可以用平仄，應用平平的有時可用仄平。於是仄仄平平有時可以變成平仄仄平，平平仄仄有時可以變成仄平平仄。這種盒底既然重要，現在即用它為標誌來作節的稱呼，盒底是仄的（包括仄仄或平仄）稱為仄節，盒底是平的（包括平平或仄平）稱為平節。從前對於律詩篇式所稱的仄起、平起，都是指首句第二

（式）字而言，也就是以句中第一節的盒底為標準的。

有人由於看到盒蓋可以活動，盒底不能活動的現象，便創出「一三五不論，二四六分明」的歌訣來。這種歌訣的說法，似是而非，因為不能專因盒蓋能換而影響全句的和諧，所以一、三、五的能換與否，是有條件的，不是任何句式中都可以不論的。從第四章《表一》裏可以看出，一、三有不論的，但B式句的三因怕四成孤平，就仍須論，五則沒有不論的了。

又句中各節，除句脚半節外，都須要間隔錯綜，平節後須接仄節，仄節後須接平節，即是二四六必須是平仄平或仄平仄。如果這種節的關係錯了，便成為非律句。句中每節盒底既不容隨便更換，又須要間隔錯綜，所以「二四六分明」這句雖未能說明怎樣分明，但還算沒有錯誤。

再用表來說明各種句式中二、四、六的關係。

表二：《律句二四六字關係表》

五言句

	一	二	三 壹	四 弍	五 叁	六 肆	七 伍
A	仄平	平	平仄	仄	平	平	仄
B	平仄	仄	平	平	仄	仄	平
C	仄平	仄	平仄	平	平	仄	仄
D	平仄	平	仄平	仄	仄	平	平

七言句

從表中可以看到A、B、C、D四種句式中的二四六间隔錯綜的情况。又看到A二和B二相反，B二和C二相同。四、六也是如此。八句以至多句的律诗，句中、聯中、聯间二四六的關係也都如此。首句入韻的，即是以D代A，以B代C。DB之所以能代AC，不僅是因為具有平声句脚，同時A与D的二四六是一樣的，C与B的二四六也是一樣的。

關於節的上一字，即盒蓋，也並不是完全無關緊要的，例如七言A式句更換第一和第三字，便可變出四種樣子。其他句式，也是如此。又當有些非律句中，遇到兩个同调的節無法錯閒時，有時換一个盒蓋，也比兩節四字全同好一些。例如前一節是甲甲，後一節用乙甲；或前一節是乙甲，後一節用甲甲。這雖不能因此便變拗成律，但在句中也能發生些疏通變化。

以上所談的這種兩字節，不但五、七言律詩句中是重要的小單位，即在古體詩和其他古典文學形式的句子中，也同樣是重要的小單位。盒子底蓋的關係，也是一樣。

在詞、曲、駢文、韻文、散文句中的節，是除去句中領、襯、尾字來算的。例如：

「帝(仄)高(平)陽(平)之(平)苗(平)裔(仄)兮(平)，
朕(仄)皇(平)考(仄)曰(仄)伯(仄)庸(平)。」（《離騷》）

其中「帝」、「朕」是領字，「之」、「曰」是襯字，「兮」是尾字。所賸「高陽」、「苗裔」、「皇考」、「伯庸」，恰是抑揚相間的四个節。

還有些句式，尾字在韻脚之下。例如：

「坎坎伐檀兮，
置之河之干兮，
河水清且漣猗。」（《詩經·魏風·伐檀》）

「兮」、「猗」是尾字，「之干」、「且漣」的「之」、「且」是襯字。

這三句實際各有兩節：

坎(仄)坎(仄) 伐(仄)檀(平)

寘(仄)之(平) 河(平)干(平)

河(平)水(仄) 清(平)漣(平)

句中声律的節，与词的分合有時是不一致的，例如：

「好雨知時節」

末三字词的分合是：

知 時節。

這情况在词曲等句中更是常見的。例如：

「争知　我，

倚　欄　干處，

正　恁　凝眸。」（柳永：《八声甘州》）

欄干是一个词，在词调的句法規格上，這一句中词的分合應是「一、二、一」式，即：

倚　欄干　處，

而声调上則應是仄平和平仄兩節，於是「欄干」二字便被分到兩節中去。弄清這个问題，對於词曲中出現的特別句式情況，便容易解釋了。词曲裏更常有語義連貫而句式斷開，或語義斷開而句式連貫的，也像這類道理。

附带談到五、七言诗句中词与句式的關係。句中名词，無論如何分合，句末三字必須与上邊四字分開，要自成為「三字脚」。這三字可以是「二、一」式，也可以是「一、二」式，甚至可以是「一、一、一」式（古代漢語很少有真正三字不可分的词）。如果倒数第三字与倒數第四字相連為一词時，便不是正常的五、七言诗句的規格。词曲或其他文體中的五、七言句式，有詩句式的，也有其他式的，那些非诗句式的，則不拘此例。

至於一个字的半節，在声调上，並非都是附屬品。而常有重要作用（只是被用的数量比重上不如兩字節多）。词曲中有一字句或逗，固然最明顯，即其他各種句式，總不外乎單數字的或双数字的。單數字的句子必然有一字的半節，而双数字的句子有時也會有不止一个的一字半節。總之，無論哪樣句式，都是一些双字和單字的小單位所組成。那些一字的半節，在五、七言詩句中固然是声调上的重要部分，即在词曲或駢散文章中，一些半節單字也一樣与声调有関（即一些襯字有時也會當半節、一節用，它們有時在一些兩個節間平仄發生問题的地方，能起联通或墊補的作用）。本文所引各種文體的句、聯、段、篇中，那些一個字的半節或重要的單個襯字，都一律附注平仄。至於関係不大的領、襯、尾字（或词、句），都在所注的平仄上加標括號「（）」。

（六）律句中各節的寬嚴

律诗無論五言句或七言句，以部位論，是

下段比上段嚴格；以聲調論，是平聲比仄聲嚴格。

現在把一句按節劃分：

七言句：甲乙　丙丁　戊己　庚
五言句：丙丁　戊己　庚

庚處雖是餘下的半節，但它是句腳，同時也是押韻的地方。在律詩中，AC句腳仄声無韻，BD句腳平声押韻，絕不許錯，可算是最嚴格的地方。往上一節即戊己處，比起庚處自然寬些，因為它沒有押韻与否的問題。但這裏卻存在着有無孤平或孤仄的問題。這一節連帶句末庚處，便是所謂「三字脚」，只能是以下這樣：

甲	乙	丙	丁	戊	己	庚
○	○	○	○	平	平	仄
○	○	○	○	仄	仄	平
○	○	○	○	平	仄	仄
○	○	○	○	仄	平	平

律调

如果己處孤平被兩仄所夾，或孤仄被兩平所夾，都是非律的：

甲乙丙丁戊己庚

○○○○仄[平]仄

○○○○平[仄]平

→ 非律调

如果戊處孤平或孤仄，也是非律的：

甲乙丙丁戊己庚

○○○仄[平]仄仄

○○○平[仄]平平

→ 非律调

還有這三字腳如果平仄全同，也是非律的：

甲乙丙丁戊己庚

○○○○[仄仄仄]

○○○○[平平平]

→ 非律调

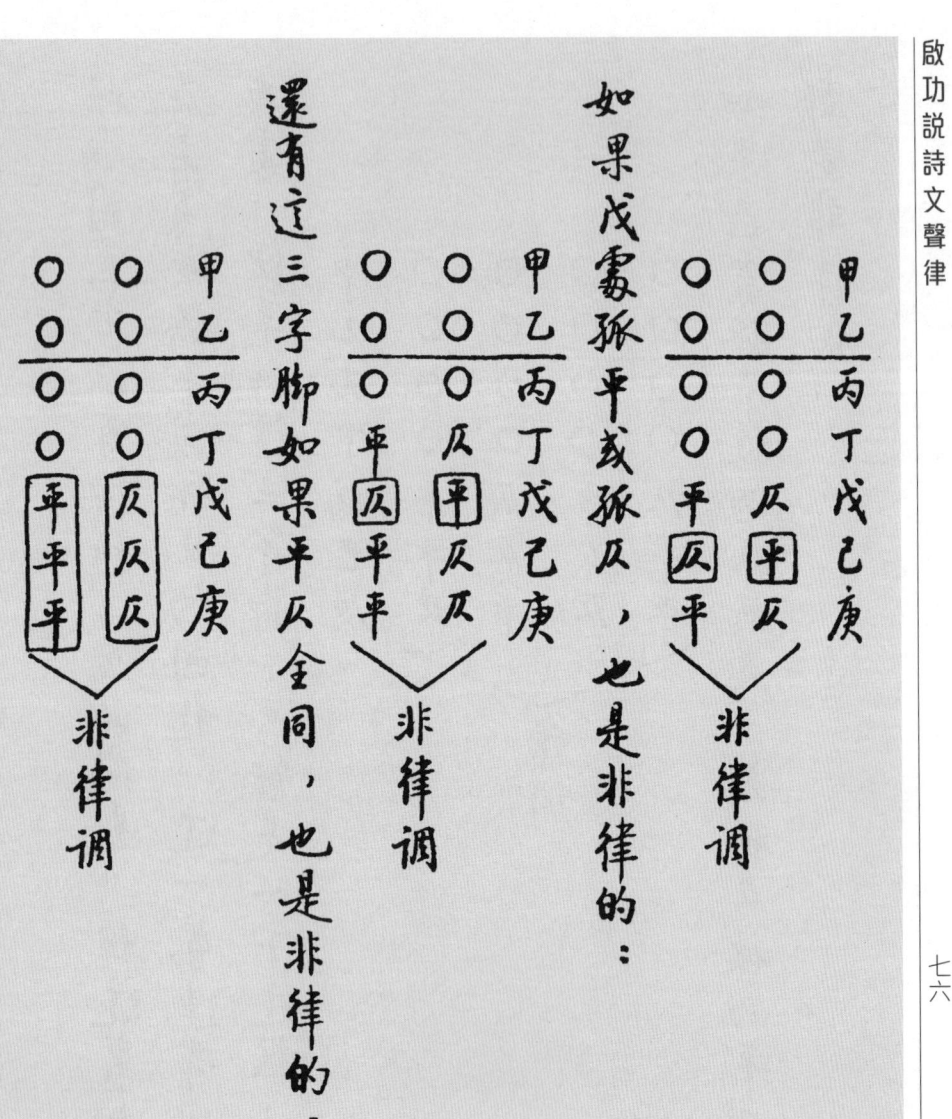

以上原則，也可以用來看各種獨立的三言句，但一般的三言句不都要求這樣嚴格罷了。

再往上看一節，即丙丁處，又寬些。只要乙丁處的兩個盒底不重複平仄時，除不許孤平外，即使丁處孤仄或丙丁戊三處連平，連仄，也是許可的。

甲	乙	丙	丁	戊	己	庚	
○	○	仄	[平]	仄	○	○	（二仄夾平）
○	仄	[平]	仄	○	○	○	（二仄夾平，乙丁同仄）
○	平	仄	[平]	○	○	○	（乙丁同平）
○	平	平	[仄]	平	平	仄	（乙丁不同平仄）

（第二、三行）非律調

○仄［平平平］仄仄（乙丁不同平仄）
○平［仄仄仄］平平（乙丁不同平仄）

律調

再往上一節，即甲乙處，就更寬了。甲處是七言句首，當然沒有任何限制，乙處也是孤仄孤平完全可以的，甲乙丙連成三仄或三平更是可以的。

甲乙丙丁戊己庚
平［仄］平平平仄仄
平［仄］平平仄仄平
仄［平］仄仄平平仄

仄平仄仄仄平平
平平平仄平平仄
平平平仄仄平平
仄仄仄平平仄仄
——律调

從以上各例中，可以證明，律句中部位的寬嚴層次，是愈往下邊愈嚴的。排列來看：

最寬　次寬　次嚴　最嚴

甲乙　丙丁　戊己　庚

可知五、七言律句是上部寬而下部嚴，最寬於發端而最嚴於結尾的。

在平仄方面，首句仄脚的，可以换用平脚押韻的另一句式，成為首句入韻式；而篇内平声句脚，都是押韻處，却不能换用仄脚。又句中丙丁一節不可孤平丁處則許可孤仄。這都可見律詩中平声的嚴格，是過於仄声的。

（七）古體詩

所谓古體诗（或稱古诗），是對於律體诗（或稱律诗）而言的。凡不合律體條件的，都可算古體（有的算拗體）。在律诗尚未正式形成，律體這一名稱尚未出現時，是沒有古體這一名稱的。現在我們所说的古體，是包括律體形成以前的作品和後世模擬古體的作品。古體律體之別，除了声调的不同之外，還有字面對与否以及句式、句数等等问题，現在只说声调方面的差別。

四言、六言詩沒有律體的名稱，可以先不谈；五言、七言詩都有律體，可以古、律相比，看出差別。古體詩聲调的情况，大約有下面幾種：

一、句脚一字以上各節，盒底有接連重複處，如平節接了平節，或仄節接了仄節，也就是一句中的二、四（式）、六（肆）處有平仄接連重複的；

二、在律句規格不許可的地方，犯了孤平、孤仄、三平、三仄或接連三个以上的平或仄；

三、全篇句式的排列次序有不合規格處，即一篇中各句之間不按A（或D）BCDABCD式或C（或B）DAB

C D A B 式的排列次序；

四、各句句腳的平仄有間隔不勻處，即首聯以下的各聯中有上下句句腳平仄同声的；

五、篇中有換韻處。

簡單來說，即不合律詩規格的，除拗律外，都算古體。下邊舉例說明。五言古詩，例如：

「君至石頭驛　（平仄仄平仄）　（「頭」字孤平）

寄書黃鶴樓　（仄平平仄平）　（「鶴」字孤仄）

開緘識遠意　（平平仄仄仄）　（句末三仄相連）

速仄此仄南平行平舟平　（句末三平相連）

風平水仄無平定仄準仄　（「無」字孤平。「水」「定」兩仄節相連）

湍平波平或仄滯仄留平　（律句）

憶仄昨仄新平月仄生平　（「昨」「月」兩仄節相連。此是上句，仍用平腳。）

西平簷平若仄瓊平鈎平　（「簷」「瓊」兩平節相連）

今平來平何平所仄似仄　（律句）

破仄鏡仄懸平清平秋平　（句末三平相連）

恨仄不仄三平五仄明平　（「不」「五」兩仄節相連。此上句仍用平腳。）

平平湖平泛仄澄平流平　（「湖」「澄」兩平節相連）

此仄歡平竟仄莫仄逐仄　（句末三仄相連）

狂(平)殺(仄)王(平)子(仄)猷(平)（「殺」「子」兩仄節相連）
巴(平)陵(平)空(仄)遙(平)遠(仄)（「陵」「遙」兩平節相連）
持(平)贈(仄)解(仄)人(平)憂(平)」（律句）
（李白《荅裴侍御先行至石頭驛以書見招期月滿泛洞庭》）

七言古詩，例如：

「歲(仄)云(平)暮(仄)矣(仄)多(平)北(仄)風(平)（「矣」「北」兩仄節相連），
瀟(平)湘(平)洞(仄)庭(平)白(仄)雲(平)中(平)（「湘」「庭」「雲」三平節相連）
漁(平)父(仄)天(平)寒(平)網(仄)罟(仄)冷(仄)（句末三仄）
莫(仄)徭(平)射(仄)雁(仄)鳴(平)桑(平)弓(平)（句末三平）

去(仄)年(平)米(仄)貴(仄)闕(仄)軍(平)食(仄)　（「軍」字孤平，「闕」字處應平而用仄。）

今(平)年(平)米(仄)賤(仄)太(仄)傷(平)農(平)　（律句）

高(平)馬(仄)達(仄)官(平)厭(仄)酒(仄)肉(仄)　（句末三仄）

此(仄)輩(仄)杼(仄)軸(仄)茅(平)茨(平)空(平)　（句末三平，「輩」「軸」兩仄節相連。）

楚(仄)人(平)重(仄)魚(平)不(仄)重(仄)鳥(仄)　（句末三仄，「人」「魚」兩平節相連。）

汝(仄)休(平)枉(仄)殺(仄)南(平)飛(平)鴻(平)　（句末三平）

況(仄)聞(平)處(仄)處(仄)鬻(仄)男(平)女(仄)　（「男」字孤平，「鬻」字處應平而用仄。）

割(仄)慈(平)忍(仄)愛(仄)還(平)租(平)傭(平)　（句末三平）

往(仄)日(仄)用(仄)錢(平)禁(仄)私(平)鑄(仄)　（「私」字孤平）

今(平)許(仄)鉛(平)鐵(仄)和(平)青(平)銅(平)　（句末三平，「許」「鐵」兩仄節相連。）

刻(仄)泥(平)為(平)之(平)最(仄)易(仄)得(仄)（句末三仄，「泥」「之」兩平節相連。）

好(仄)惡(仄)不(仄)合(仄)長(平)相(平)蒙(平)（句末三平，「惡」「合」兩仄節相連。）

萬(仄)國(仄)城(平)頭(平)吹(平)畫(仄)角(仄)（律句）

此(仄)曲(仄)哀(平)怨(仄)何(平)時(平)終(平)」（句末三平，「曲」「怨」兩仄節相連。）

（杜甫《歲晏行》）

五、七言古體詩的句腳平仄，主要是一甲一乙；也有全篇句腳平仄一律的，如每句押韻式；或部分句腳平仄相同的。至於押韻，主要是上句非韻，下句押韻；也有句句押韻的。所用韻部，有全篇一韻的；也有篇中換韻的。還有雜言古體詩，表面上似比一般五、七言古體詩複雜，例如李白《蜀道難》，句形雖有三言、四言、五言、七言、八言（四四式）、九言（四五式、二七式）、十一言（六五式）各種，但篇中句脚排列和押韻情况，仍是抑揚交替、間隔句稱的（五、七言古體詩的句式和篇式，本無固定的規格，趙執信《声调谱》等曾舉一些名作加以評點，這只能算是某些風格的推薦，并不能算必遵的譜式）。

五、七言古詩中夾雜律句，漢魏以來，不

斷出現。但是少量的，偶然的，或說作者未必有意作成的。南北朝後期到唐代，五、七言律詩逐漸成熟，古體詩的声调也有新發展。這種發展，即是避免律句和故意運用律句的問題。

五言古體中避免律句的，是那些嚴格的純古體；多用律句的，便是那種半熟式律詩或稱過渡體的调子；此外沒有新的變化。

七言古體，唐代以來，除各種舊有的调式外，出現兩類情況：

一、避免律句的：這在李白、杜甫各家的

作品中都有，但句调則是各種非律句式都用的。此外有一種是多用一些特定句调的。這些句调是七言句的上四字平仄不太拘，而在三字脚要特用仄平仄、平仄平、仄仄仄、平平平（七言古调句上二節固係不合律，例如平節接平節或仄節接仄節，而三字脚却合律的，声调易於軟弱。又三平脚以上一字多不用平，以免破壞三平脚的突出）。這種句调在古代以至李、杜，本是常見的，如前引杜甫《歲晏行》中即有許多句。但自韓愈以來，使用得更有意識，更加集中（當然篇中並非絕對不用其他句式）。例如韓愈《謁衡嶽廟遂宿嶽寺題门樓》，李商隱《韓碑》，白居易《九日宴集醉題郡樓兼呈周殷二判官》，蘇軾《武昌西山》，陸游《眉州郡燕大醉中间道馳出城宿石佛院》等，都是平韻詩。這種也有仄韻（或換韻）的，但其中不僅不一定嚴守非律的三字腳，還有時攙雜律句。這是因為既屬仄韻，与律詩已有差別，间雜少量律句，也不致与律詩淆混。這例如杜甫《哀江頭》起句便是律句，中间還有律句，但由於運用的位置合適，並不覺得破壞古调罷了。如：

「玻璃春作江(仄)水(平)清(平)

紫玉簫如雛(平)鳳(仄)鳴(平)

漏聲不聞看(仄)炮(仄)燭(仄)

俠氣未滅欺(平)飛(平)鯨(平)

單車萬里信(仄)有(仄)數(仄)

二年三過寧(平)忘(平)情(平)

釵頭玉茗妙(仄)天(平)下(仄)

瓊花一樹真(平)虛(平)名(平)

酒酣忽作檀(平)公(平)策(仄)

間道絶出東(平)西(平)城(平)
清歌未斷去(仄)已(仄)遠(仄)
回首樓堞空(平)崢(平)嶸(平)
貂裘狐帽醉(仄)走(仄)馬(仄)
陌上應有行(平)人(平)驚(平)
徑投野寺睡(仄)正(仄)美(仄)
魚鼓忽報江(平)天(平)明(平)」
（陸游《眉州郡燕大醉中間道馳出城宿
石佛院》）

仄韻詩避開律調本較平韻詩為易，仄韻七言古诗即使不多用非律三字脚，已能見古调特色，但還有盡量多用的，如韓愈《寒食日出游》、王安石《純甫出釋惠崇畫要余作诗》等等都是。

二、運用律句的：这類是多用律句，作成古體（當然篇中並非絕對不用非律句）。其中可分兩種：一種是分組换韻的，各组用韻，有平有仄，抑揚動聽。这自王勃《秋日登洪府滕王閣餞别序·诗》，盧照鄰《長安古意》、高適《燕歌行》、王維《桃源行》等等，以及元稹、白居易的「長慶體」，都屬此種，至清初吳偉業，更大規模地運用律句，比起元、白，又發展了一步。另一種是不換韻的，這種宜於仄韻詩（律句多而押平韻，篇中句式固係相合的便成排律；固係不合的便成失粘的排律，所以不宜平韻的）。例如蘇軾《用前韻答西掖諸公見和》，陸游《懷成都十韻》等等，都屬此種。

「放仄翁平五仄十仄猶平豪平縱仄（A4律句）（各式律句、非律句的編號見第九章）
錦仄城平一仄覺仄繁平華平夢仄（A4律句）
竹仄葉仄春平醪平碧仄玉仄壺平（B1律句）

桃平花平驄仄馬仄青平絲平鞚仄（A1律句）

鬥仄雞平南平市仄各仄分平朋平（D1律句）

射仄雉仄西平郊平常平命仄中仄（C2律句）

壯仄士仄臂仄立仄綠仄縧平鷹平（B非25非律句）

佳平人平袍平畫仄金平泥平鳳仄（A3律句）

椽平燭仄那平知平夜仄漏仄殘平（B4律句）

銀平貂平不仄管仄晨平霜平重仄（A1律句）

一仄梢平紅平破仄海仄棠平回平（D1律句）

數仄點仄香平新平早仄梅平動仄（C非14非律句）

酒仄徒平詩平社仄朝平暮仄忙平（D非13非律句）

日月匆匆送賓送　（仄仄平平仄平仄）（C非14非律句）
浮世堪驚老已成　（平仄平平仄仄平）（B4律句）
虛名自笑今何用　（平平仄仄平平仄）（A1律句）
歸來山舍萬事空　（平平平仄仄仄平）（D非4非律句）
臥聽糟床酒鳴甕　（仄仄平平仄平仄）（C非14非律句）
北窗風雨耿青燈　（仄平平仄仄平平）（D1律句）
舊游欲說無人共」　（仄平仄仄平平仄）（A4律句）

（陸游《懷成都十韻》）

從以上兩類現象中，可以看到七言古體方面，唐代以來的作者對於声调的辨別，是日趨仔細的；對於律句和非律句的運用，是日趨巧妙的。

（八）拗句与拗體

「拗」是指声調的不合律，「拗句」這裏是指声調不合律的五、七言詩句，「拗體」是排列困係不合律的律體詩篇。當然拗體篇中有拗句，也可能有律句。

拗句的情況与古調句可以說沒有兩樣，都是不合律式的句子。只是拗句是寄在律詩篇章環境中的，古调句是需在古詩篇章環境中的罷了。

拗體仍然是八句的律詩，無論所用句式是拗是律，因它的排列關係有不合律處，所以稱為拗體。拗體篇中各句的句式，有部分拗句、部分律句的，也有全用拗句或全用律句的。（前邊第七章古體詩五項情況中，前三項也是拗句和拗體的情況，可參看。）

拗句在篇中，共拗幾句和拗哪一句或哪幾句，都沒有限制。拗體的句式排列，也沒有一定的規格。

拗句在聯中，有只拗一句的（或上句或下句），有兩句全拗的。兩句全拗時，配搭的情況，較常見的是上句拗第幾字，下句也在那個部位拗一字，從前人稱之為「拗」「救」，其實下句自己也拗了，怎能還救上句呢？我想不如稱之為「陪」，或者還合適些。這是因為下句也拗時，就不致顯得上句拗得那麼孤單兀突了。

常見的拗字部位，五言句多在第叁字，七言句多在第五字。也有拗兩字甚至三字的，多是除了第叁（五）字外，再拗其他字。這也是造成「一三五不論」謬說的原因之一。

五言拗第叁字的例，如：

「A非3　落仄日仄放仄船平好仄

B非2　輕平風平生平浪仄遲平」（杜甫）

七言拗第五字的例，如：

「A非8　映仄階平碧仄草仄自仄春平色仄

B非3　隔仄葉平黃平鸝平空平好仄音平」（杜甫）

又如：

「C非3　四仄蹄平碧仄玉仄片仄

D非3　「双眼黃金瞳」（沈佺期）

「C非6　草色全經細雨後

D非6　花枝欲動春風寒」（王維）

這類句式的問題，主要在於三字腳的變態，即成為「仄平仄」、「平仄平」、「仄仄仄」、「平平平」。

還有些拗句句式拗在五、六字（叁、肆字）處，此式因較常見，趙執信、王士禛便稱之為「拗律句」，既拗，豈能成律！又有些各式拗句，王士禛隨便注稱「別律句」，詞義已不明確，更与律句無關了。這種拗兩字的句式，也有幾種，無論拗哪兩個字，其句中第叁（五）字總是主要的。一聯中拗字儘管不對稱，但第叁（五）字則常是對拗的。例如：

「人事有代謝（A非6）
往來成古今」（B非6）（孟浩然）

又如：

「寒燈坐高館（C非6）
秋雨聞疏鐘」（D非3）（王維）

又如

「未明先見海底日（A非14）

又如：

B非18　「良久遠難方新晨」（方干）
平仄仄平平仄平

C非14　「岸上丰葦五花樹
仄仄平平仄平仄

D非6　波中的皪千金珠」（崔日用）
平平仄仄平平平

以上四例中，「有」与「成」、「坐」与「聞」、「海」与「方」、「五」与「千」，都是對拗的字。也有全不對拗的，但究屬少見，例如：

A非1　「暮景巴蜀僻
仄仄平仄仄

B非2　春風江漢清」（杜甫）
平平平仄平

又如：

「A非17 優婁比丘經論學
B非17 傴僂丈人鄉里賢」（王維）

也有拗兩字以上的，如：

「C非7 安得仙人九節杖
B非25 拄到玉女洗頭盆」（杜甫）

又如：

「A非4 有時自發鐘磬響
B非29 落日更見漁樵人」（杜甫）

也都極少見的。

拗體的例子，如：

「D1	鳳凰臺上鳳凰遊	仄平平仄仄平平
B非3	鳳去臺空[江]自流	仄仄平平平仄平
A3	吳宮花草埋幽徑	平平平仄平平仄
B非3	晉代衣冠[成]古丘，	仄仄平平平仄平
A1	三山半落青天外	平平仄仄平平仄
B1	二水中分白鷺洲	仄仄平平仄仄平
C2	總為浮雲能蔽日	仄仄平平平仄仄
D2	長安不見使人愁」	平平仄仄仄平平

（李白《登金陵鳳凰臺》）

這首中既有拗句，前四句關係亦不合，但每聯中上下句關係尚合（即粘對不誤，也就是首聯上句D式下句B式，次聯上句A式下句的B式）。又有一種全用拗句的（杜甫有幾首這類作品，其中《愁》一首自注「強戲為吳體」，「吳體」一稱，來源和意義不詳），如：

D非27	「擁垣竹埤梧十尋	仄平仄平平仄平
D非7	洞门對雷常陰陰	仄平仄仄平平平
A非26	落花遊絲白日靜	仄平平平仄仄仄
D非6	鳴鳩乳燕青春深	平平仄仄平平平
A非6	腐儒衰晚謬通籍	仄平平仄仄平仄
B非3	退食遲回違寸心	仄仄平平平仄平

C非6 衮職曾無[一]字補（仄仄平平仄仄仄）

D非7 許身愧比[双]南金」（平：仄平仄仄平平平）（杜甫《題省中院壁》）

這首每句都拗，前四句固係不合，前兩聯中上下句固係亦不合。還有一種，全用律句，只是各聯固係不合的，如：

「C2 平生何以樂（平平平仄仄）

D2 斗酒夜相逢（仄仄仄平平）

C1 曲中驚別緒（仄平平仄仄）

D2 醉裏失愁容（仄仄仄平平）

A2 星月懸秋漢（平仄平平仄）

B1 風平霜平入仄曉仄鐘平

A2 明平月仄臨平溝平水仄

B1 青平山平幾仄萬仄重平」

（李嶠《餞駱四》）

「D2 嬌平歌平急仄管仄雜仄青平絲平

B4 銀平燭仄金平杯平映仄翠仄眉平

A4 使仄君平地仄主仄能平相平送仄

B4 河平尹仄天平明平坐仄莫仄辭平

A1 春平城平月仄出仄人平皆平醉仄

B1 野仄戍仄花平深平馬仄去仄遲平

A4　寄声報尔山翁道
　　仄平仄仄平平仄
B4　今日河南勝昔時」（岑參〈使君席夜送嚴河南赴長水得時字〉）
　　平仄平平仄仄平

以上這類全律句的拗體作品，在唐初律詩篇式沒太成熟定型時，本是常見的。這裏所舉二首，只是那種「初唐體」的餘波而已。至於五言拗體的樣式不多，因為五言律詩篇中如果排列既不合律，又再加雜拗句，便成了五言的過渡體，它的律詩資格便發生動搖了（以上所舉拗體篇式只是舉隅示例，此外尚有其他樣式，因拗體本無定式，所以不再多舉）。

（九）五言、七言句式總例

五言A、B、C、D四類句式，包括律句与非律句，每類可變八種句式（A、C、D類中，各有律句二種，非律句六種；B類中有律句一種，非律句七種）。

七言A、B、C、D四類句式，包括律句与非律句，每類可變三十二種句式（A、C、D類中，各有律句四種，非律句二十八種；B類中有律句二種，非律句三十種）。

現將五言、七言的律句与非律句各式排列於下，並將所見唐人詩中各式的句子作例。非律句式方面，包括「拗句」（即律體篇中的非律句）与「古句」（即古體篇中的非律句）。常作拗句用的非律句式，已見第八章，可以參看。

分別ABCD句類的標準，是根據七言的二、七字和五言的式、伍字（即五、七言句首一節的盒底和句末一字）而定。律句類注「A1」、「B2」等等；非律句類注「A非1」、「B非2」等等。

五言句式總例

A1	仄仄平平仄	好雨知時節	（杜甫）
A2	平仄平平仄	詩罷聞吳詠	（杜甫）
A非1	仄仄平[仄]仄	盛德無[我]位	（李白）
A非2	平仄平[仄]仄	高閣橫[秀]氣	（李白）
A非3	仄仄[仄]平仄	落日[放]船好	（杜甫）
A非4	平仄[仄]平仄	嘗讀[遠]公傳	（孟浩然）
A非5	仄仄[仄仄]仄	大暑[去酷]吏	（杜牧）
A非6	平仄[仄仄]仄	尊酒[酌未]酌	（杜牧）
B1	平平仄仄平	當春乃發生	（杜甫）
B非1	平平仄[平]平	孤高聳[天]宮	（岑參）

B非2	平平[平]仄平	春寒[花]較遲	（杜　甫）
B非3	[仄]平仄仄平	[寸]心貴不忘	（李　白）
B非4	平平[平平]平	徘徊[双明]璫	（劉昚虛）
B非5	[仄]平仄[平]平	[奈]何阻[重]深	（張九齡）
B非6	[仄]平[平]仄平	[影]斜[輪]未安	（杜　甫）
B非7	[仄]平[平平]平	[七]層[摩蒼]穹	（岑　參）
C1	仄平平仄仄	竹批双耳峻	（杜　甫）
C2	平平平仄仄	林風纖月落	（杜　甫）
C非1	仄平平[平]仄	似行山[林]外	（于　鵠）
C非2	平平平[平]仄	江帆春[風]勢	（席　豫）

C非3	仄平[仄]仄仄	四歸[碧]玉片	（沈佺期）
C非4	平平[仄]仄仄	青錢[買]野竹	（杜甫）
C非5	仄平[仄平]仄	故鄉[杳無]際	（陳子昂）
C非6	平平[仄平]仄	淹留[問耆]宿	（杜甫）
D1	平仄仄平平	衣露靜琴張	（杜甫）
D2	仄仄仄平平	萬里可橫行	（杜甫）
D非1	平仄仄[仄]平	清眺極[遠]方	（羊士諤）
D非2	仄仄仄[仄]平	五月入[五]洲	（李白）
D非3	平仄[平]平平	高院[梅]花新	（高適）
D非4	仄仄[平]平平	漠漠[秋]雲低	（杜甫）

D非5　平仄平仄平　遥裔騰太清（李百藥）

D非6　仄仄平仄平　山日千里鳴（杜甫）

七言句式総例

A1　平平仄仄平平仄　盤飧市遠無兼味（杜甫）

A2　仄平平仄平平仄　即從巴峽穿巫峽（杜甫）

A3　平平平仄平平仄　支離東北風塵際（杜甫）

A4　仄平仄仄平平仄　舍南舍北皆春水（杜甫）

A非1　平平仄仄平仄仄　階前短草泥不亂（杜甫）

A非2　仄平平仄平仄仄　故鄉门巷荆棘底（杜甫）

A非3　平平平仄平仄仄　三更風起寒浪湧（杜甫）

A非4　仄平仄仄平仄仄　有時自發鐘磬響（杜甫）

A非5　平平仄仄仄平仄　晴川歷歷漢陽樹（崔顥）

A非6　仄平平仄仄平仄　腐儒衰晚謬通籍（杜甫）

A非7　平平平仄仄平仄　前臺花發後臺見（白居易）

A非8　仄平仄仄仄平仄　洛城一別四千里（杜甫）

A非9　平平仄平平平仄　斯須九重真龍出（杜甫）

A非10　仄平平平平平仄　霓為裳兮風為馬（李白）（霓有仄讀）

A非11　平平平平平平仄　柯如青銅根如石（杜甫）

A非12　仄平仄平平平仄　玉箸欲成中央折（白居易）

A非13　平平仄仄仄仄仄　承家節操尚不泯（杜甫）

A非14	仄平平仄[仄仄]仄	未明先見[海底]日	（方干）
A非15	平平平仄[仄仄]仄	呼兒將出[換美]酒	（李白）
A非16	仄平仄仄[仄仄]仄	昔年八月[十五]夜	（白居易）
A非17	平平仄[平]平[仄]仄	傴僂比[丘]經[論]學	（王維）
A非18	仄平平[平]平[仄]仄	別時茫[茫]江[浸]月	（白居易）
A非19	平平平[平]平[仄]仄	來如雷[霆]收[震]怒	（杜甫）
A非20	仄平仄[平]平[仄]仄	此身未[知]歸[定]處	（杜甫）
A非21	平平仄[平仄]平仄	瞿塘石[城草]蕭瑟	（杜甫）
A非22	仄平平[平仄]平仄	輦前才[人帶]弓箭	（杜甫）
A非23	平平平[平仄]平仄	朝如青[絲暮]成雪	（李白）

A非24	仄平仄[平仄]平仄	朔方健[兒好]身手	（杜甫）
A非25	平平仄[平仄仄]仄	鐫功勒[成告萬]世	（韓愈）
A非26	仄平平[平仄仄]仄	落花遊[絲白日]靜	（杜甫）
A非27	平平平[平仄仄]仄	邊風飄[飄那可]度	（高適）
A非28	仄平仄[平仄仄]仄	孔明廟[前有老]柏	（杜甫）
B1	仄仄平平仄仄平	但見羣鷗日日來	（杜甫）
B2	（即B非8，參見第四章《表一》。）		
B3	（即B非7，參看第四章《表一》。）		
B4	平仄平平仄仄平	籠竹和烟滴露稍	（杜甫）
B非1	仄仄平平仄[平]平	且為王孫立[斯]須	（杜甫）

B非2	平仄平平仄[平]平	天姥連天向[天]横	（李白）
B非3	仄仄平平[平]仄平	隔葉黃鸝[空]好音	（杜甫）
B非4	平仄平平[平]仄平	巫峽秋濤[天]地迴	（杜甫）
B非5	仄仄平[仄]仄仄平	若務除[惡]不顧私	（獨孤及）
B非6	平仄平[仄]仄仄平	才薄將[奈]石鼓何	（韩愈）
B非7	仄仄[仄]平仄仄平	為我[度]量掘佃科	（韩愈）
B非8	平仄[仄]平仄仄平	身欲[奮]飛病在床	（杜甫）
B非9	仄仄平平[平平]平	剑阁崢嶸[而崔]嵬	（李白）
B非10	平仄平平[平平]平	君失臣兮[龍為]魚	（李白）
B非11	仄仄平[仄]仄[平]平	獨樹花[發]自[分]明	（杜甫）

B非12 平仄平仄仄平平 先帝天馬玉花驄（杜甫）
B非13 仄仄平仄平仄平 石廩騰擲堆祝融（韩愈）
B非14 平仄平仄平仄平 時見松櫪皆十圍（韩愈）
B非15 仄仄仄平仄平平 以手撫膺坐長歎（李白）
B非16 平仄仄平仄平平 天地爲之久低昂（杜甫）
B非17 仄仄仄平平仄平 抱病起登江上臺（杜甫）
B非18 平仄仄平平仄平 良久遠難方報晨（方干）
B非19 仄仄仄仄仄仄平 一舞劍器動四方（杜甫）
B非20 平仄仄仄仄仄平 山鳥水鳥自獻酬（羅隱）
B非21 仄仄平仄平平平 二月餞懈昏昏然（杜甫）

B非22	平仄平仄平平平	顏氏之子才孫標	（杜甫）
B非23	仄仄仄平平平平	昔日太宗拳毛騧	（杜甫）
B非24	平仄仄平平平平	望不見兮心氣氳	（李白）（望有平讀）
B非25	仄仄仄仄仄平平	柱到玉女洗頭盆	（杜甫）
B非26	平仄仄仄仄平平	春渚日落夢相牽	（杜甫）
B非27	仄仄仄仄平仄平	舉酒欲飲無管絃	（白居易）
B非28	平仄仄仄平仄平	今我不樂思岳陽	（杜甫）
B非29	仄仄仄仄平平平	落日更見漁樵人	（杜甫）
B非30	平仄仄仄平平平	雖有絕頂誰能窮	（韓愈）
C1	平仄仄平平仄仄	花徑不曾緣客掃	（杜甫）

C 2	仄仄平平平仄仄	織女機絲虛夜月	（杜甫）
C 3	平仄平平仄仄仄	春日鶯啼修竹裏	（杜甫）
C 4	仄仄仄平平仄仄	劍外忽傳收薊北	（杜甫）
C 非 1	平仄仄平平[平]仄	金節羽衣飄[婀]娜	（杜甫）
C 非 2	仄仄平平平[平]仄	昔有佳人公[孫]氏	（杜甫）
C 非 3	平仄平平平[平]仄	今夜聞君琵[琶]語	（白居易）
C 非 4	仄仄仄平平[平]仄	玉不自言如[桃]李	（李白）
C 非 5	平仄仄平[仄]仄仄	優詔幸分[四]皓秩	（白居易）
C 非 6	仄仄平平[仄]仄仄	草色全經[細]雨後	（王維）
C 非 7	平仄平平[仄]仄仄	秋水纔深[四]五尺	（杜甫）

C 非8　仄仄仄平[仄]仄仄　獨有不眠[不]醉客　（白居易）

C 非9　平仄仄[仄]平仄仄　公馬莫[走]須殺賊　（韩愈）

C 非10　仄仄平[仄]平仄仄　落落盤[據]雖得地　（杜甫）

C 非11　平仄平[仄]平仄仄　言者無[罪]聞者戒　（白居易）

C 非12　仄仄仄[仄]平仄仄　帝曰汝[度]功第一　（李商隱）

C 非13　平仄仄平[仄平]仄　偏勸腹腴[愧年]少　（杜甫）

C 非14　仄仄平平[仄平]仄　岸上丰茸[五花]樹　（崔日用）

C 非15　平仄平平[仄平]仄　殊錫曾為[大司]馬　（杜甫）

C 非16　仄仄仄平[仄平]仄　愛汝玉山[草堂]靜　（杜甫）

C 非17　平仄仄[仄]平[平]仄　堂上不[合]生[楓]樹　（杜甫）

C非18	仄仄平仄平平仄	後有韋諷前支遁	（杜甫）
C非19	平仄平仄平平仄	鸚鵡來過吳江水	（李白）
C非20	仄仄仄仄平平仄	五百里內賢人聚	（閻朝隱）
C非21	平仄仄仄仄仄仄	黃鶴一去不復返	（崔顥）
C非22	仄仄平仄仄仄仄	弟子韓幹早入室	（杜甫）
C非23	平仄平仄仄仄仄	曾貌先帝照夜白	（杜甫）
C非24	仄仄仄仄仄仄仄	病鶴帶霧傍屋宿	（皮日休）
C非25	平仄仄仄仄平仄	惟用法律自繩己	（韓愈）
C非26	仄仄平仄仄平仄	一夜飛度鏡湖月	（李白）
C非27	平仄平仄仄平仄	三月無雨旱風起	（白居易）

C非28	仄仄仄仄仄平仄	七月六日苦炎熱	（杜甫）
D1	仄平平仄仄平平	隔籬呼取盡餘杯	（杜甫）
D2	平平仄仄仄平平	青春作伴好還鄉	（杜甫）
D3	仄平仄仄仄平平	指揮若定失蕭曹	（杜甫）
D4	平平平仄仄平平	昆明池水漢時功	（杜甫）
D非1	仄平平仄仄仄平	普天無吏橫索錢	（杜甫）（橫應仄讀）
D非2	平平仄仄仄仄平	諸生講解得切磋	（韓愈）
D非3	仄平仄仄仄仄平	世間綵翠亦作囊	（韋應物）
D非4	平平平仄仄仄平	無人收拾理則那	（韓愈）
D非5	仄平平仄平平平	簿書何急來相仍	（杜甫）

D非6 平平仄仄[平]平平 花枝欲動[春]風寒（王維）

D非7 仄平仄仄[平]平平 洞门對雷[常]陰陰（杜甫）

D非8 平平平仄[平]平平 東西南北[橋]相望（白居易）

D非9 仄平平[平]仄平平 頗隨春[風]寄燕然（李白）

D非10 平平仄[平]仄平平 行人但[云]點行頻（杜甫）

D非11 仄平仄[平]仄平平 欲行即[騎]访名山（李白）

D非12 平平平[平]仄平平 湘東山[川]有清輝（曹松）

D非13 仄平平仄[平仄]平 暮春三月[巫峽]長（杜甫）

D非14 平平仄仄[平仄]平 東川節度[兵馬]雄（杜甫）

D非15 仄平仄仄[平仄]平 未成曲调[先有]情（白居易）

D非16 平平仄平仄平 睢盱偵伺能鞠躬 （韩愈）
D非17 仄平平平仄仄平 戎騎麒麟翳鳳凰 （杜甫）
D非18 平平仄平仄仄平 東來橐駝滿舊都 （杜甫）
D非19 仄平仄平仄仄平 欲行不行各盡觴 （李白）
D非20 平平平平仄仄平 琵琶聲停欲語遲 （白居易）
D非21 仄平平平平平平 野雲低迷煙蒼蒼 （韩偓）
D非22 平平仄平平平平 飛湍瀑流爭喧豗 （李白）
D非23 仄平仄平平平平 別君去兮何時還 （李白）
D非24 平平平平平平平 梨花梅花參差開 （崔櫓）
D非25 仄平平平平仄平 美芹由來知野人 （杜甫）

D非26　平平仄平平仄平　終軍棄繻英妙年（杜甫）

D非27　仄平仄平平仄平　茂陵著書消渴長（杜甫）

D非28　平平平平平仄平　中原君臣豺虎邊（杜甫）

或问有無拗第二（弍）字的非律句？回答：有的。例如唐初狄仁傑《石淙诗》「老臣預陪玄圃宴」，全篇只拗一「臣」字，分明是拗第二字。但各種句式都以第二（弍）字為樞軸，為標識，為聯中粘對的基點，所以現在不把它算入拗字範圍。如果五言A1句拗第弍字，便算是五言C非1句式；七言

A1句拗第二字，便算是七言c非17句式。
其餘如此類推。

（十）永明聲律說与律詩的關係※

詩、文，尤其是詩的和諧規律，在理論上作出初步歸納，實自南朝時始。最重要的記載，是南齊時沈約所撰《宋書·謝靈運傳·論》、蕭梁時蕭子顯所撰《南齊書·陸厥傳》和初唐李延壽所撰《南史·陸厥傳》。沈約說：
「夫五色相宣，八音協暢，由（猶）乎玄

※本節所論，啓功先生已有重要修正，詳見書末排印的《「八病」「四聲」的新探討》一文。

黃律呂，各適物宜。欲使宮羽相變，低昂舛節。若前有浮声，則後須切響。一簡之内，音韻盡殊；兩句之中，輕重悉異。妙達此旨，始可言文。」

李延壽說：

「永明……時盛為文章。吳興沈約、陳郡謝朓，瑯琊王融，以氣類相推轂。汝南周顒，善識声韻。約等為文，皆用宮商，將平、上、去、入四声（《南齊書》作「以平、上、去、入為四聲」，應從），以此制韻，有平頭上尾蜂腰鶴膝。五字之中，音韻悉異；兩句之内，角徵不同。不可增減，世呼為永明體」。（此段与《南齊書》畧同，而多「有平」玉「不同」五句。）

這裏沈約的話尤為重要。起首「五色」四句是泛說詩文應講音調，「欲使」以下則是实說他的辦法，沈約雖倡四聲之說，而在所提的具體辦法中，却只說了宮与羽（李延壽說宮与商，角与徵），低与昂，浮声与切響，輕与重，都是相對的兩方面，簡單說即是揚与抑，事实上也就是平与仄。

又從沈、蕭、李三人的話中，看到當時所说的「宮、商」等名稱，即是「平、上」等名稱未創用之前，對語音声调高低的代稱。这恐是因為宮商等名稱借自樂调，嫌其容易混淆，才另創「平上去入」四字來作語音声调的專名。

從他们实際注意声调抑揚这現象上看，可知沈约等人在音理上雖然發現了「四声」，但在寫作運用上却只是要高低相间和抑揚相對。從下邊所列沈约自己舉出的各例句中，可以看出揚處用的是平，抑處用的是上、去、入。在這裏上、去、入之间並看不出選用的理由和區別，可見上、去、入在當時實是作一个抑调用的，歸結起來，仍是平仄而已。況且辨別四声和運用平仄並不矛盾，能辨別複雜的，未必不使用簡單的。後世的種種误解，大約都由於把辨四声認作用四声了。

沈约等人對抑揚声调的安排，是主張一句中須有變化，兩句间不許雷同；在部位上是頭、尾、腰、膝處不要生病。又此論雖亦通於駢儷文章，而主要是對五言詩講的。

我们已知沈约等人提出的原則如此，而他们的具體樣本又是怎樣呢？仍可從沈约同篇文中所舉的实例来看。他说：

「子建函京之作，仲宣灞岸之篇，子荊零雨之章，正長朔風之句，並直舉胸情，非傍詩史。正以音律调韻，取高前式。」

按：「子建（曹植）函京之作」是：

「從軍度函谷（C非b）
平平去平入
驅馬過西京」（D 1律句）
平上去平平

「仲宣（王粲）灞岸之篇」是：

「南登灞陵岸（C非6）

迴首望長安」（D1律句）

「子荆（孫楚）零雨之章」是：

「晨風飄歧路（C非2）

零雨被秋草」（A2律句。「被」字有平讀。）

「正長（王讚）朔風之句」是：

「朔風動秋草（C非5）

邊馬有歸心」（D1律句）

（以上句例是據《文選》沈約《宋書謝靈

運傳論》李善注）

非常清楚，每例的下句都是律句。因此可以瞭解，沈約所謂「音律調韻」，無疑即指這類律調而言。

又有一種似乎消極一些的意見，梁代鍾嶸《詩品・序》說：

「古曰詩頌，皆被之金竹，故非調五音，無以諧會。若『置酒高堂上』、『明月照高樓』，為韻之首。……余謂文製本須諷讀，不可蹇礙。但令清濁流通，口吻調利，斯為足矣。至平上去入，則余病未能；蜂腰鶴膝，閭里已具。」

按：

仄仄平平仄
「置酒高堂上」（阮瑀：《雜詩》）（A律句）

平仄仄平平
「明月照高樓」（曹植：《七哀》）（D律句）

都是純粹律句。可見他並非不懂声調抑揚（仄平）之實，只是認為無須用四声而已。鍾嶸的見解，与沈約似異而實同。這兩个例句，正是沈約所舉之外的兩个珍貴的声律樣本。（注3）

所謂「兩句之中，輕重悉異」（「兩句之內，角徵不同」），即是說上下句相對的各字平仄互不雷同，這還容易理解；「一簡之內，音韻盡殊」（「五字之中，音韻悉異」），怎樣殊法異法，似乎不易理解。看到以上例句，方知即指句子的合乎律調。那麼兩個律句，平仄互不相同，豈不就是一對律聯？聯是律詩的基本單位，聯能合律，才談得到篇。沈約《荅陸厥書》說：「十字之文，顛倒相配，字不過十，巧歷已不能盡，何況復過於此者乎！」「十字之文」，正指五言兩句。

頭、尾、腰、膝，各指句中哪個部位？按：

末字当然是尾，而且又是句中最嚴的地方，所以我們要先從這裏着眼。往上推移，則第肆字是膝，第叁字是腰。至於頭是哪个字？按：除去尾腰膝，所賸只是第壹第弍兩字，正是一節，以節論，是盒底重要，所以應是指第弍字。頭是句中的起點，尾是最嚴的地方，因此先举頭尾，次举腰膝。

到了唐代，出現了「八病」之說，如唐初王通《中説·天地篇》有「分四声八病」的話。中唐僧皎然《詩式·明四声》說：「沈休文酷裁八病，碎用四声。」又封演《封氏聞見记．声韻》说：
「永明中沈约文词精拔，盛解音律，遂撰四声谱，
文章八病，有平頭、上尾、蜂腰、鶴膝。」稍後
的日本僧遍照金剛（空海）的《文鏡秘府論》
第四卷（「西」字卷）有《文二十八種病》一篇，
序言中曾提到「四紐未顯，八病未聞」的話。這二
十八種病的前八種是「平頭、上尾、蜂腰、鶴膝、
大韻、小韻、旁紐、正紐」，他對韻紐四病说：
「已下四病，但須知之，不必須避。」篇中並未注
明各病的創说者是誰。各條病名之下都有解釋，

也不知是否空海所作。還採有别人的異说，如刘滔、元兢等人。其间引有沈氏的话，又稱他為「沈给事」，知非沈約。

空海書中各病的解释多不近情理，韻纽四病姑且不談，前四病中，他说五言诗第伍字如与第拾字同声，叫做上尾。這還算合理。他说第壹弍字如与第陸柒字同声叫做平頭，這便比較籠统，不夠準確。至於腰膝的解释便奇怪了，他说五言句中第弍字如与第伍字同声叫做蜂腰，照這樣说，凡五言A式、B式句，無論律句或非律的，都要算是蜂腰病句了。他又說五言詩第伍字如与第拾伍字同声叫做鶴膝，照這樣說，古人五言詩中犯鶴膝病的就太多了。

如果說所謂同声並非同平同仄，而是指平上去入四声不得相同，那麼平韻詩的單句脚還可以換着用上去入声；但仄韻詩的單句平脚就難更換了，難道仄韻詩全篇單句脚都必須一平一仄（上或去或入）？也就是每四句的句脚都必須是「仄仄平仄」或「平仄仄仄」嗎？

到了宋代，相沿傳録的這類八條避忌，都

加了「八病」的標題，又都題上「沈約」的名字。解釋与空海書中的說法相同，但較简單，例句也偶有異同。宋人未必都抄自空海的書，但從解釋的論點看，確是同出一源。這類記載「八病」說的書，在北宋有李淑的《詩苑類格》（已佚，南宋王應麟的《小學紺珠》卷四和南宋失名人的《錦繡萬花谷》卷二十一曾節引）。南宋魏慶之的《詩人玉屑》卷十一《詩病有八》條，也全載「八病」說，通行易見。宋人書中所載与空海不同處，是題上了沈約的名字，還多出「八病推上尾鶴膝最忌，餘病亦通」兩句話。

綜合以上的歷史資料看來，永明時代的声律學說，是詩歌方面走向律化的幾項探索歸納。蜂腰鶴膝等，原是南朝閭里之間通行的口訣，沈約等人把它提高到理論上，便是「前有浮声，後須切響」等等說法。各「病」中与律調關係最切的或者說最摸到關鍵處的，只是頭尾、腰膝四項問題。

自南朝流傳下來的，大約只有各病的標題，也就是平頭、上尾等名稱，並沒有每條的解釋文字，後人望文生義，作出種種揣測，這但看空海書中所記的各家異說，即是見紛紛揣測的情況。我們今天研究南朝的声病學說，只要看沈約、鍾嶸所舉的例句，再和「浮声切響」、「輕重悉異」等理論相印證，便可明瞭其中的道理，正不必跟着那些揣測的話旋轉。

至於韻紐四病，究竟南朝時候曾否提出？回答是至今還沒有見到可靠的證據。即使曾在南朝出現，當時的道理一定也很簡單，不會像空海所記的那樣繁瑣（魏慶之所記較簡，又多含糊）。我们姑從韻語的習慣上看，例如五言詩二句，韻脚一字以外的九字中，如有与韻脚同韻的字，便易干擾韻脚的突出。又或韻脚之外其他各字多有互相同屬一韻的，容易被误為句中另有一套韻，而分散了韻脚的作用，這都是韻的病。還有句中、聯中除特用双声處外，多出現双声字，無論是与句脚、韻脚或句中其他字互相双声，俱容易绕舌難讀，這都是紐的病。如果詩中韻、紐方面有特别考究的必要時，也不過是這類或近似這類道理的運用。但一般詩句很少有這樣仔細推敲的。所以李延壽只提出頭、尾、腰、膝四項，空海說韻、紐四病「不必須避」，都是有緣故的。至於宋人認為只有上尾、鶴膝最重要，又說「餘病亦通」，便證明他們已不知其所以然了。

我問：怎說後世對各「病」名稱的解釋容易誤會？

這可舉一旁證：律句中忌「孤平」，是從來相傳的口訣，但沒有解釋的注文，也沒說哪個字的位置例外。如果有人看到「孤」字而推論到句首、句尾的單個平聲也要避忌，豈不大錯？因為「孤平」實指一平被兩仄所夾處，句子首尾的單平並不在内。所以说僅僅從名病的名稱上来揣測，是不易準確，而要從南朝人所舉的实例上着眼。

五言平韻詩，自齊梁至周隋，律化趨勢日見明顯。如謝朓、沈約、何遜、陰鏗、庾信、隋煬帝楊廣、薛道衡、張正見、孔德紹等人的作品，不但大量出現律句，有的人甚至有全篇排列困係也都合律的作品，但句与篇全都合律的究竟數量還不多。

七言詩至此時律化的趨勢也很明顯。庾信、陳後主陳叔寶、隋煬帝楊廣、陳子良等人已有運用大部分律句的作品，尤其八句平声韻的詩已成了七言律詩的雛形，但其中總有些拗句或排列関係不合律的地方。

現在看來，永明声律学説雖未能解决律詩的全部問題，但已提出了五言句和聯的律化法則。又經陸續發展，至唐初沈佺期、宋之問，五、七言律體才算定型穩固。

在古代韻書創立之後，古代作者按韻書所規定的字音作詩文，我們有書可據，它的韻律是較易考察的；如果古代某作者在某些字上是按他自己的方音寫作的，這用他的方音讀去，可能完全合律，但我們對於那位作者的方音掌握不夠時，判斷那種作品是否合律，就較難精確了。

（十一）四言句、六言句

四言句，在平仄長竿上截得出的，有下列四種：

甲　仄仄平平（A）

乙　平平仄仄（B）

丙　平仄仄平（A）＊（有＊號的句式問題見後）

丁　仄平平仄（B）

以上四句中，每句的第壹、第叁兩字，都是盒蓋，所以丙丁兩式即是換了盒蓋的甲乙。如果盒蓋交錯變換，可得八種句式。這都算是四言兩節合律句式（有＊號的，另有問題，後邊談到），列表如下

表三：《四言兩節合律句式表》

A　仄平　仄　平仄　平

1　仄仄平平
2　平仄平平
3　平仄仄平＊
4　仄仄仄平＊

B（仄平）平（平仄）仄

1 平平仄仄
2 仄平仄仄 *
3 仄平平仄
4 平平平仄

還有八種非律句式，亦可稱為拗句。列表如下：

表四：《四言非律句式表》

A 非（仄平）平（平仄）平

1 平平仄平
2 仄平仄平
3 仄平平平
4 平平平平

B 非（平仄）仄（仄平）仄

1 仄仄平仄
2 平仄平仄
3 平仄仄仄
4 仄仄仄仄

現在用A類韻書標準來看《詩經》中的四言句式情況：

「A非4　關平關平雎平鳩平　（全平兩節）

A非3　在仄河平之平洲平　（盒蓋錯開的兩平節，一仄隔開兩句七平。）

B非4　窈仄窕仄淑仄女仄　（全仄兩節，「窕」字如從平讀，則為律句。）

A3　君平子仄好仄逑平　（律句）

B1　參平差平荇仄菜仄　（律句）

A1　左仄右仄流平之平　（律句）

B非4　窈仄窕仄淑仄女仄　（重句，見前。）

A1　寤仄寐仄求平之平　（律句）

B1　求平之平不仄得仄　（律句）

B非1　寤仄寐仄思平服仄　（盒蓋錯開的兩仄節）

A非4　悠(平)哉(平)悠(平)哉(平)（全平兩節）

B非4　展(仄)轉(仄)反(仄)側(仄)（全仄兩節）

……」《诗经・周南・關雎》

這裏律句的運用和非律句的配搭，都很自然。抑揚轉換，收到和谐效果。四言句，在诗歌词曲之外，其他文體中，用處也很寬廣。後世一些声调精致的駢文、韻文中，所用的四言句，也常儘量選用合律句式。舉一个清代的例子：

「A1　宛(仄)彼(仄)崇(平)丘(平)

A2　於(平)漢(仄)之(平)陰(平)

A1	二仄	子仄	来平	遊平
A2	爰平	迄仄	於平	今平
B3	廣仄	川平	人平	靜仄
A2	張平	館仄	天平	沉平
B1	徽平	風平	永仄	夜仄
A2	虛平	籟仄	生平	林平
B1	泠平	泠平	水仄	際仄
A2	時平	泛仄	遺平	音平
B1	三平	歎平	應仄	節仄
A3	如平	彼仄	貴仄	心平 ＊

B 1　朱平絃平已仄絕仄

B 4　空平桑平誰平撫仄

A 1　海仄憶仄乘平舟平

B 1　巖平思平避仄雨仄

A 1　邈仄矣仄高平臺平

B 1　巋平然平舊仄埜仄

A 非 3　譬仄操平南平音平

B 3　尚仄懷平吾平土仄

A 4　白仄雪仄罷仄歌平 ※

B 4　湘平靈平停平鼓仄

A2　流平水仄高平山平

B4　相平望平終平古仄」

（汪中《漢上琴臺之銘》）

六言句在平仄長竿上可以截出下列四種句式：

甲　平平仄仄平平（A）

乙　仄仄平平仄仄（B）

丙　仄平平仄仄平（A）＊

丁　平仄仄平平仄（B）

丙丁是換了盒蓋的甲乙。如果盒蓋交錯變換，

可得十六種句式　這都算是六言三節合律句式（有*號的，另有問題，後邊談到），列表如下：

表五：《六言三節合律句式表》

A

1	平平仄仄平平
2	仄平平仄平平
3	平平平仄平平
4	仄平仄仄平平
5	仄平平仄仄平 *
6	平平仄仄仄平 *
7	仄平仄仄仄平 *
8	平平平仄仄平 *

B

1	仄仄平平仄仄
2	平仄仄平仄仄 *
3	仄仄仄平仄仄 *
4	平仄平平仄仄
5	平仄仄平平仄
6	仄仄平平平仄
7	平仄平平平仄
8	仄仄仄平平仄

此表之外的句式，可算六言非律句，亦可稱為六言拗句（六言各類句式見後）。

四言、六言句子聲調的探求，到了清代已有人說出它的規律。顧蒓《唐賦必以集》中《論賦十則》說：

音節隨時各異，自漢至唐宋，隨取一兩句讀去，迥然不同，今則必須以和諧為主。如「四六」：

平（可平可仄）平（必須平）仄（可仄可平）仄（必須仄），

平可平可仄平必平須仄可仄可平仄必仄須平平必二字俱要平；

仄可仄可平仄必仄須平當可仄平声為妙，究以平必平須，

仄可仄可平仄必仄須平可平可仄平必平須仄可仄可平仄必仄須。

不至棘口，則得矣。」

（引自潘遵祁《唐律賦鈔》的附錄）

按漢至唐宋，音節是怎樣不同，緣故何在？不是這裏所能談得清的，現在只看他所提出的和諧句調的法則。這四句律調實例是：

「B」漁舟唱晚，

「A」響窮彭蠡之濱；（「之」字要用平不用仄。）

仄仄平平
A1 雁陣驚寒，（「驚」字處用平不用仄）

平仄平平平仄
B7 聲斷衡陽之浦。」

（王勃：《秋日登洪府滕王閣餞別序》）

從頤蘢這段話中，很清楚地看到他不但感覺到盒蓋可動而盒底不可動的現象，他還感覺到四言、六言合律的平声句脚處宜用平平而不宜用仄平的現象（為什麼這兩个句式中這个地方用平平便好聽，用仄平便不甚好聽，我還說不出所以然）。

這種規律，不僅存在於駢文句中，在六言

詩中也可以看到，凡用合律句子的六言詩，平脚處也多如此。例如：

「B1 柳葉鳴蜩綠暗
A1 荷花落日紅酣（「紅」字處用平不用仄）
B5 三十六陂春水
A2 白頭相見江南」（「江」字處用平不用仄）
（王安石《題西太一宮壁》）

至於六言拗句，即《表五》以外的句式，不但各節的關係不合，平脚處也不一定用平平。例如：

「B非23 惠崇烟雨歸雁（「雨」「雁」兩仄節相連）（句式編號見後）

A非26　坐(仄)我(仄)瀟(平)湘(平)洞(仄)庭(平)（「湘」「庭」兩平節相連，句腳仄平。）

B6　欹(仄)唉(仄)扁(平)舟(平)歸(平)去(仄)

A2　故(仄)人(平)言(平)是(仄)丹(平)青(平)」（「丹」字露用平不用仄）（黃庭堅《題鄭防畫夾》）

根據以上的情況看來，四言句《表三》中A3、A4兩式和六言句《表五》中A5、A6、A7、A8四式，都不夠嚴格的律句。還有四言的B2和六言的B2、B3，因有孤平，也不夠嚴格的律句。所以後邊《表六》中凡上文有*號的句式都不列入。

不過，非律的四言、六言句，在詩歌中固

雖免不了；在詞曲中，遇到特定句式處，也仍要用；在駢文、韻文中，不但是免不了的，特別是四字拗句，有時還是特定需要的。例如律賦中常見一種句調，多用在破題或篇中文氣振起處。如「帝里佳境，咸京舊池」（唐王棨《曲江池賦》），「渺若毫端，輕飛可覩」（唐林滋《小雪賦》）等等。這裏「帝里」、「咸京」、「輕飛」各句都是非律句，後世時常沿襲。

詞、曲、駢文、韻文、散文中的六字句，有的是三個節的句子；有的則是加了領、襯、尾字而成的，实際所贖不到三節；還有在三節之外附加領襯尾字，表面上又成了其他字数的句子了。

這裏將六言律句和非律句各式排列如下：

A式句		B式句	
A1	平平仄仄平平	B1	仄仄平平仄仄
A2	仄平平仄平平	B2	（即B非9見《表六》）
A3	平平平仄平平	B3	（即B非10見《表六》）
A4	仄平仄仄平平	B4	平仄平平仄仄
A非1	仄平平仄[仄]平	B5	平仄仄平平仄

A非11	平	**仄**	平	仄	平	平
A非10	仄	**仄**	平	仄	平	平
A非9	平	**仄**	仄	仄	平	平
A非8	仄	平	仄	**平**	平	平
A非7	平	平	平	**平**	平	平
A非6	仄	平	平	**平**	平	平
A非5	平	平	仄	**平**	平	平
A非4	平	平	平	仄	**仄**	平
A非3	仄	平	仄	仄	**仄**	平
A非2	平	平	仄	仄	**仄**	平

B非7	仄	仄	仄	**仄**	平	仄
B非6	平	仄	仄	**仄**	平	仄
B非5	仄	仄	平	**仄**	平	仄
B非4	平	仄	平	**仄**	仄	仄
B非3	仄	仄	仄	**仄**	仄	仄
B非2	平	仄	仄	**仄**	仄	仄
B非1	仄	仄	平	**仄**	仄	仄
B8	仄	仄	仄	平	平	仄
B7	平	仄	平	平	平	仄
B6	仄	仄	平	平	平	仄

A非12 仄［仄］仄仄平平
A非13 平平仄［平仄］平
A非14 仄平平［平仄］平
A非15 平平平［平仄］平
A非16 仄平仄［平仄］平
A非17 仄［仄］平仄［仄］平
A非18 平［仄］仄仄［仄］平
A非19 仄［仄］仄仄［仄］平
A非20 平［仄］平仄［仄］平
A非21 平［仄］仄［平］平平

B非8 平仄平［仄］平仄
B非9 平仄［仄］平仄仄
B非10 仄仄［仄］平仄仄
B非11 仄［平］平平仄仄
B非12 平［平］仄平仄仄
B非13 仄［平］仄平仄仄
B非14 平［平］平平仄仄
B非15 平［平］仄平平仄
B非16 仄［平］平平平仄
B非17 平［平］平平平仄

A非22	仄	[仄]	平	[平]	平	平
A非23	平	[仄]	平	[平]	平	平
A非24	仄	[仄]	仄	[平]	平	平
A非25	平	[仄]	仄	[平	仄]	平
A非26	仄	[仄]	平	[平	仄]	平
A非27	平	[仄]	平	[平	仄]	平
A非28	仄	[仄]	仄	[平	仄]	平

B非18	仄	[平]	仄	平	平	仄
B非19	仄	[平]	平	[仄]	仄	仄
B非20	平	[平]	仄	[仄]	仄	仄
B非21	仄	[平]	仄	[仄]	仄	仄
B非22	平	[平]	平	[仄]	仄	仄
B非23	仄	[平]	平	[仄]	平	仄
B非24	平	[平]	仄	[仄]	平	仄
B非25	仄	[平]	仄	[仄]	平	仄
B非26	平	[平]	平	[仄]	平	仄

综合以上各章所论，四言、五言、六言七言的合律句式，可以用一个表概括起来如下：

表六：《七五六四言律調句式總表》

（〔〕中爲七言，〔〕中爲五言，（）中爲六言，〔〕中爲四言。）

A

B

1　七言五言A1　六言四言A1
2　七言A2　六言五言A2　六言四言A2
3　七言A3　六言A3
4　七言A4　六言A4

1　七言五言B1　六言四言B1
2　
3　
4　七言B4　六言B4

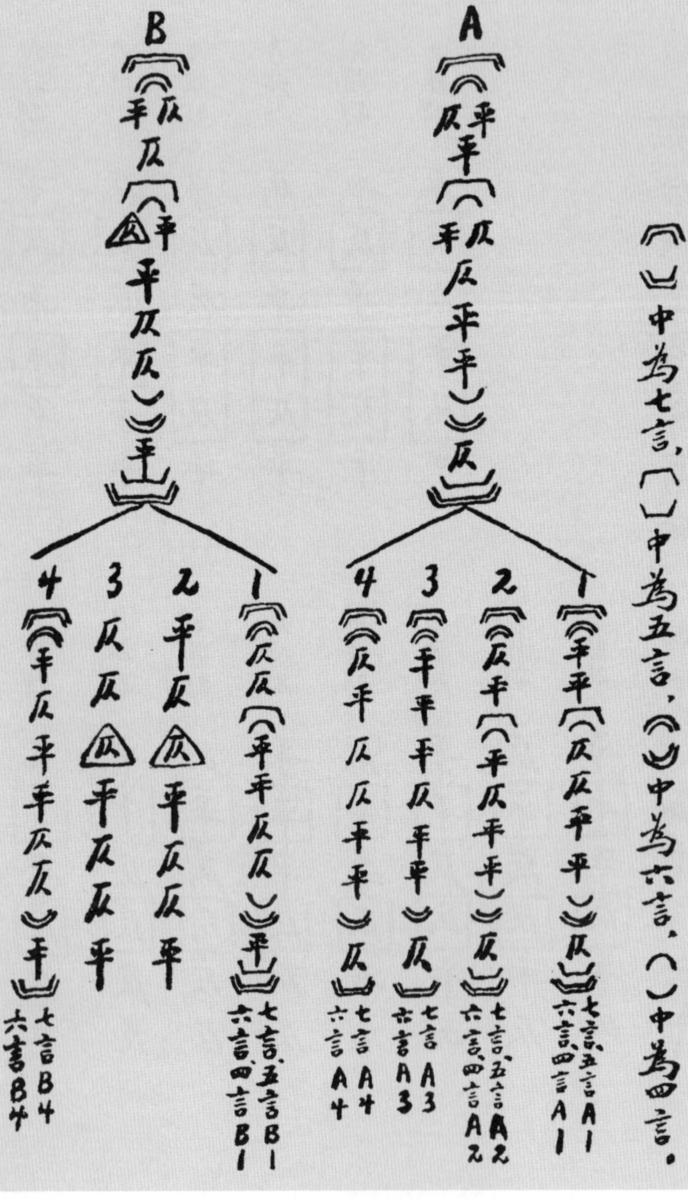

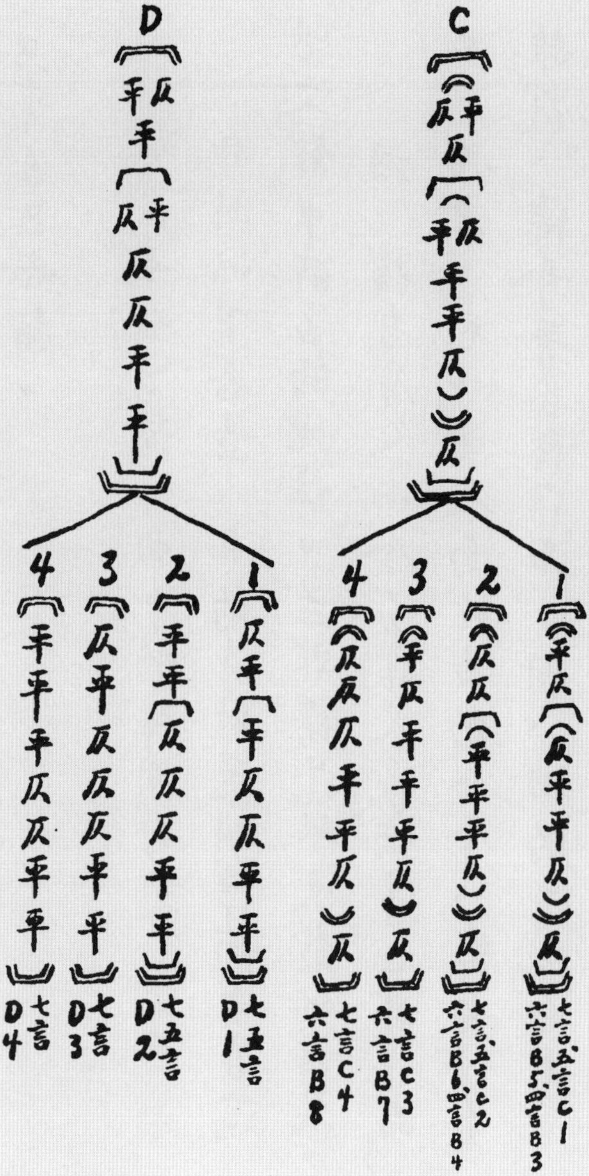

右表上段四行表示可能截出各種句式的部位；下段十六行表示具體截出的各種句式。△雯

的仄声，不合律调　所以各種句式俱無。六言、四言在BC式中，都是仄脚，因此六言、四言只有AB兩類。

（十二）词、曲中的律调句

自此以下各章，目的在於說明律调句在這些文體中所占的地位，並非講這些文體的譜式。

词，指自唐人小令至宋人長调等各種作品；曲，指宋、元、明人南北曲的小令、散套以至雜劇、傳奇等各種作品。词、曲的平仄句式，

和前邊幾章所談的各種律句一樣。但詞、曲都
是入樂的，所以其中常有受到樂譜限制的句式。
常見詞曲家說，某句某字必須用四声中某声。
又有時某字不但要講四声，還要講清濁，以至
唇齒舌牙喉鼻等發音部位。還有同是一類的律
句，因為某些節的盒蓋不許更換，於是同類句
式中不能隨便選擇，譬如A1不能換用A2。
更有特殊的地方，必須用拗句。如此等等，都屬
於特定句式。但一般的只論平仄的普通律句，
究占絕大多數的（詩中也有由於入樂而成的特

定句式和篇式，例如「陽關調」，只是不多罷了）。

現舉唐人《菩薩蠻》一首為例：

「小(仄)山(平)重(平)疊(仄)金(平)明(平)滅(仄)（七言A乙律句）

鬢(仄)雲(平)欲(仄)度(仄)香(平)腮(平)雪(仄)（七言A4律句。「滅」「雪」一韻。）

懶(仄)起(仄)畫(仄)蛾(平)眉(平)（五言D乙律句）

弄(仄)妝(平)梳(平)洗(仄)遲(平)（五言BB非6句，後世亦用五言BB式律句。「眉」「遲」一韻。）

照(仄)花(平)前(平)後(仄)鏡(仄)（五言C1律句）

花(平)面(仄)交(平)相(平)映(仄)（五言A乙律句。「鏡」「映」一韻。）

新(平)貼(仄)繡(仄)羅(平)襦(平)（五言D1律句）

双(平)双(平)金(平)鷓(仄)鴣(平)」（五言B非乙句，後世亦用五言B式律句。「襦」「鴣」一韻。）

（温庭筠作，見《花间集》。）

（按温词此调一组共十四首，每首上下两片的末句共二十八句，其中二十七句的末三字都是平仄平，只有「獨倚门」一處是仄仄平。但这一组中有「钗上双蝶舞」句，「蝶」字以入作平。依此例看，「獨」字也是以入作平的。可知早期此调此句是用B拗句式的。又宋元明词曲中字，以入作平之外還有以此作彼的，都是作者方音関係。參見第二章。）

一般長调中，例如最常見的《滿江红》、《賀新郎》等等调子，其中句式，也是合乎律调的占绝大多数，而有很少数特定句式。不再一一举例。篇中句式排列關係，是按各个词牌谱式而定的。

词的句式，字数多寡不同，自一字、二字至九字、十字的都有。有些較長的句子，常是些短句拼合而成的。還有十幾字的句子，例如李清照的《声声慢》起首「尋尋覓覓冷冷清清淒淒慘慘戚戚」，作者為表達當時孤獨沒落的情緒，特選用絮叨重複的語言。這个長句實是三个短句所合成，它的平仄是：

平平仄仄、仄仄平平，平平仄仄仄仄。

如果去掉重字，或說從每節盒底看，便是：

平仄仄平平仄仄

分明是一个七言ㄈ丨律句。這也是短句拼成長句的手法之一。南宋人嫌它消極，另填新詞，也不用疊字，這種痕迹，便不明顯了。

至於曲的句式，也和詞的情況相同，自一

字至許多字的句子都有，有些長句也是用短句拼成的。曲句中絕大多數也是合乎一般律調的，當然也有受樂譜限制而產生的特定句式。曲子的句與句之間的排列關係，更是隨着各調譜式而定的。

曲句還有一種特點，即襯字（包括領、尾）較多，句中主要的字有時被襯字糢亂，句式的確實字數有時不易分辨。但如看已經分寫正字襯字的曲譜，也就不難瞭然。

一般的曲牌，和詞中小令、中調多半相類，

而少有那些慢词長调的形式。曲牌的標準，主要是便於歌唱，所以尤其須要口吻流利，於是用一般律调句式要自然要多，而用特定句式要自然要少，不再一一舉例。偶有一些表面複雜的句式，例如關漢卿《南呂一枝花．不伏老》散套中《黃鍾煞》曲牌裏有兩个二十餘字的句子，從來讀者多驚為曲中的長句，分寫如下：

「我卻是

蒸不爛　煮不熟　捶不扁　炒不爆

響當當　一粒銅豌豆，

誰教您　子弟們　鑽入它
鋤不斷　砍不下　解不開　頓不脫
慢騰騰　千層錦套頭」。
平平仄仄平

合着看，便是兩句氣勢旺盛，似乎不可分割的長句子。但分析開來，實是許多三個字的襯句，最後各用五言律句鎮住末尾。「一粒銅豌豆」是五言A1律句，「千層錦套頭」是五言B1律句。兩列襯句的趨勢，都向末尾貫注而來。前列末尾A式句是抑，後列末尾B式句是揚，非常勻稱。

又如馬致遠《破幽夢孤雁漢宮秋》雜劇在

《梅花酒》、《收江南》等曲牌裏有大量三言四言句，也是每串後邊分別用五言或七言律句鎮住末尾。表面上相當複雜的曲句平仄形式，实不外乎一些簡單規律。當然也不是沒有句形變化多樣的曲牌，但無论怎樣變化，律句總是基本的句式。句式的關係雖是隨著每個曲牌而定的，但各種曲牌中的句式安排，無论间隔疏密，總不離抑揚交替的原則。至於後世的民间曲调，也在这類規律中。

元曲押韻的特點，是平仄通押，按方音唸

起來，凡韻母相同的字，都可作一韻押。後世民間曲調，也是這樣。詞韻一般上去通押，也有平仄通押的，例如《哨遍》、《西江月》等。

（十三）駢文、韻文中的律調句和排列關係

駢文的駢，是指字句對偶整齊而言；韻文的韻，是指押韻而言。駢文不一定都有韻，韻文也不一定都是駢體。還有從句中字數角度而言的，像有許多駢體文（包括有韻和無韻的），多用四言句和六言句，（當然不是一律的、絕對的）所以凡屬這類的文章，又被統稱為「四六」，這可算廣義的；宋人習慣指一些制誥箋啓中的駢偶作品為「四六」，則可算是狹義的。

先談無韻駢文中的平仄声律問題。按駢體文章中，除賦類有「律賦」的名稱外，其他文體並沒有什麼律与非律的界限（律賦的條件，除声調的標準外，還有韻字的限制）。但從文中声調來看，也未嘗沒有較精和較粗的差別。如果把那些較精的借稱為律調，那些較粗的便可借稱為古調。較精的：句中平節仄節間隔匀稱，各組（所謂組是指一聯或一段）句腳平仄排列也合乎抑揚規律（當然一些声调較精的文章，也並非絕無較粗的句或組，這像律詩之有拗句或拗聯）；較粗的：句中平節仄節可以間隔不太匀，句腳平仄排列也不一定密切地依照抑揚次序，只是句与句之間或組与組之間大致達到由抑歸揚或由揚歸抑而已。

駢文無論有韻与否，句中字數的限制都比詩歌為寬，各種字數的句式都會受到採用，但大部分的駢文中大部分的句式，是以四言、六言居多的。

声調精致的「四六」駢文，每句中的平仄規格和句与句之间的排列関係，也各有它的基本法則。大致是：一句中的平節仄節交替，也就是主要用四言、六言的合律句式。句与句之间的排列関係，是以聯為基本單位。每半聯（半聯或稱一扇）有一句的，有兩句的，也有較多句的。半聯一句的，上下句平節仄節相反。舉王勃《秋日登洪府滕王閣餞別序》的例子（自此七例同出此篇），如：

「時(平)維(平)九(仄)月(仄)，（兩節，平仄）
序(仄)屬(仄)三(平)秋(平)。」（兩節，仄平）

又如：

「儀(仄)驂(平)騑(平)於(平)上(仄)路(仄)，（兩節 平仄）
訪(仄)風(平)景(仄)於(平)崇(平)阿(平)。」（兩節，仄平）

又如：

「爽(仄)籟(仄)發(仄)而(平)清(平)風(平)生(平)，（兩個三字句組成，句腳仄平。）
纖(平)歌(平)凝(平)而(平)白(仄)雲(平)遏(仄)。」（兩個三字句組成，句腳平仄。）

又如：

「落（仄）霞（平）与（（仄））孤（平）鶩（仄）齊（平）飛（平），（三節，平仄平）
秋（平）水（仄）共（（仄））長（平）天（平）一（仄）色（仄）。」（三節，仄平仄）

半聯兩句的，每句節數並不見得相同，主要在於這半聯兩句的句脚平仄相反；兩半聯相對的各節平仄相反。如

（上半聯）
「鶴（仄）汀（平）鳧（平）渚（仄），（兩節，平仄）
窮（平）島（仄）嶼（仄）之（（平））縈（平）迴（平）；
（兩節，仄平。本半聯中，兩句相反。）

（下半聯）

桂殿（仄仄）（兩節，仄平）蘭宮（平平）

即（仄）岡巒（平平）之（平）體勢（仄仄）。」

（兩節，平仄。本半聯中，兩句相反。）

（上下兩半聯相反。又「渚」「嶼」之間用「窮」字平声陽開，「宮」「巒」之間用「即」字仄声陽開。但一般駢句並不都如此講究。）

每韻駢文的全篇句腳平仄，也有一種規律，它們多是甲乙乙甲甲乙乙甲……反復進行的。例如：

「豫章故郡（仄），

洪都新府[仄]。
星分翼軫[仄]，
地接衡廬[平]。
襟三江而帶五湖[平]，
控蠻荊而引甌越[仄]。
物華天寶[仄]，
龍光射牛斗之墟[平]；
人傑地靈[平]，
徐孺下陳蕃之榻[仄]。
……」

這裏「郡」是首句句腳，是開端，可以不計。「府」是第一聯的下句句腳，是仄。以下則「軫廬」是仄平，「湖越」是平仄……（如果第一聯下句句腳是平，以下各聯句腳則是平仄、仄平……）。所以這樣的排列，是因為如果句腳一律全是平或一律全是仄，卻又無韻，當然不好聽；又如甲乙甲乙地排下去，而又無韻，也非常單調。於是把各聯句腳互相顛倒，一聯句腳平仄，一聯句腳仄平，甲乙乙甲甲乙乙甲……反覆進行，便沒有那種連平或連仄以及一甲一乙卻都無韻的病態了。這種句腳平仄顛倒交替的方法，從前稱之為「仄頂仄，平頂平」。當然無韻駢文句腳排列並非絕無例外處，也不是沒有其他形式的（最特別的例如佛經中的偈贊，在梵文原作自有它的音樂性，但翻成漢文，只能顧了句子整齊，顧不了平仄和押韻。於是每句字數一致，而句腳却是既無韻也不管平仄。後來文人也有故意模擬這樣翻譯偈贊的作品，只能算是一種例外的別體），只是這類算是最基本、最普遍的罷了。

無韻駢文的技巧，無論是句中各節的平仄交替，或上下句句腳的反復抑揚，以至字面的排比對偶，明清時代的「八股文」中都曾採用。而八股文中常有半聯（八股文一篇四「比」，即是四聯。一比二「股」，一股即是半聯）十幾句甚至更多句的。

有些長楹聯也是這類手法，用各種長短句子拼成，每句的句腳也常是仄頂仄平頂平。

現在舉八股文兩股為例，這是清代人用全無內容的兩股來嘲笑八股文的空疏濫調的，但它的平仄鏗鏘，是以说明八股文中的声调问题。

「天地乃宇宙之乾坤，（三節仄仄平）

吾心實中懷之在抱。（三節平平仄，兩句相反。）

久矣夫，

千百年来，（仄節，平節）

已非一日矣。（平節，仄節）

溯往事以追維，（仄節，平節）

曷勿考載記（兩仄節的上半句）

而诵詩書之典要。（三節仄平仄）」

（以上前一股）

元(平)后(仄)即帝(仄)王(平)之天(平)子(仄)，（三節仄平仄）

蒼(平)生(平)乃百(仄)姓(仄)之黎(平)元(平)。（三節平仄平，兩句間平仄相反。）

庶矣哉，

億(仄)兆(仄)民(平)中(平)，（仄節，平節）

已(仄)非(平)一(仄)人(平)矣。（兩平節，「一人」與前股之「一日」金底平仄相反。）

思入(仄)時(平)而用(仄)世(仄)，（平節，仄節）

曷(仄)弗(仄)瞻(平)黼(仄)座(仄)（兩仄節的半句）

而(平)登(平)廊(平)廟(仄)之朝(平)廷(平)。（三節平仄平。此股中重要平仄與前股相反。）

（以上後一股）

有韻的駢文，也有精粗的不同。例如陸機、鮑照、江淹、庾信等人的某些篇賦和唐代以來的律賦，試与漢魏的賦相比，便感覺像有律詩与古詩的差别。其他的韻文，也有声调圓熟和声调古樸的不同，這裏不再舉例。

還有被近代稱為「散文化」的韻文，像《楚辭》中《漁父》、《卜居》等，漢代辭賦有些篇中也常見這樣的段落。後世作品，屬於這類的，以蘇軾《赤壁賦》等為最著名。這類作品句法不太整齊對偶，韻脚距離又似疏密不匀，使人覺得不易捉摸，如果逐句排起來看，仍是非常清楚的。現在即將《赤壁賦》的前一大段的各句句腳排列如下：

「秋，望。舟，下。來，興。客，詩，章。

（以上一段無韻。）

上，間（韻）。江，天（韻）。如，然（韻）。手，風，止；乎，立，仙（韻）。

（以上一段韻腳勻稱。「乎風止」合為一抑，「乎立仙」合為一揚。）

甚，之，曰。

（以上三句無韻。）

槳，光（韻）。悵，方（韻）。

（以上一段韻脚匀稱。）

者，之，然。

（以上三句無韻。）

怨，慕（韻）。泣，訴（韻）。嫋，縷（韻）。蛟，婦（韻）。

（以上一段韻脚匀稱。）

……」

這篇賦的特點，只是在韻語段落之間，插入一些散語段落而已。

韻文（並包括詩、詞、曲）的押韻法則，有兩个方面：一是韻句的位置，一是韻部的多少。

韻句位置，是指篇中押韻的句子在第幾句處。這不外三種情況：一，連续的，即每句押韻；二，間隔的，即隔句押韻、隔組押韻和分組換韻等；三，混合的，即將以上兩種形式部分地结合使用。

韻部多少，是指篇中共用幾个韻部，這也

不外兩種情況：一，單韻的，即全篇用一个韻部；二，多韻的，即全篇用不止一个韻部，在篇中換韻。

以上兩个方面，五種形式，相互錯綜，變化便很複雜。式例繁多，不再一一列舉。

（十四）散文中的声调问题

後世所稱為「散文」（或稱「古文」，宋人也曾稱之為「平文」）的，似應是句法不拘規格，声调也不管平仄的，其實並不盡然。散文句中也有各節抑揚的問題，篇中也有句式、句腳的排列問題。只是字面對偶、句式長短、句次排列等都不甚機械嚴格罷了。如《史记·屈原傳》：

屈(仄)原(平)者(仄)，名(平)平(平)，（兩平節，用一仄隔開。）
楚(仄)之(平)同(平)姓(仄)也。（平節，仄節）
為楚(仄)懷(平)王左(仄)徒(平)。（兩平節）
博(仄)闻(平)彊(仄)志(仄)，（平節，仄節）
明(平)于(平)治(仄)亂(仄)，（平節，仄節）
嫻(平)于(平)辭(平)令(仄)。（平節，仄節）
入(仄)則(仄)与(仄)王(平)（仄節，平節）

圖(平)議(仄)國(仄)事(仄)，以(仄)出(仄)號(仄)令(仄)，（四仄節）

出(仄)則(仄)（仄節）

接(仄)遇(仄)賓(平)客(仄)，應(仄)對(仄)諸(平)侯(平)。（三仄節，一平節，兩句中連續抑調，總歸於揚。）

王(平)甚(仄)任(仄)之(平)。（仄節，平節）

上(仄)官(平)大(仄)夫(平)与(仄)之(平)同(平)列(仄)，（三平節，一仄節，由揚到抑。）

爭(平)寵(仄)而心(平)害(仄)其(平)能(平)。（兩仄節，一平節，由抑到揚。）

懷(平)王(平)使屈(仄)原(平)造(仄)為(平)憲(仄)令(仄)，（三平節，一仄節）

屈(仄)原(平)屬(仄)草(仄)，（平節，仄節）

稾未(仄)定(仄)。（仄節。以上「令」「草」「定」全取抑調。）

上(仄)官(平)大(仄)夫(平)見而(平)欲(仄)奪(仄)之(平)，（四節平平仄平，取揚調。）

屈平不與。（平節，仄節）

因讒之。曰：（平節）

王使屈平為令。（三節仄平仄）

衆莫不知。（仄節，平節。以上「與」「之」「令」「知」，抑揚相間。）

每一令出，（兩仄節，抑調。）

平伐其功，（仄節，平節，歸於揚調。）

以為非我莫能為也。（四節平仄相間，而歸於抑。）

王怒而疏屈平。（一仄節，兩平節。「出」「功」「也」「平」，抑揚相間。）

屈平疾王聽之不聰也，（三節平仄平）

讒諂之蔽明也，（仄節，平節）

邪[平]曲[仄]之害[仄]公[平]也，（仄节，平节）

方[平]正[仄]之不[仄]容[平]也，（仄節平節。古代散文中有時有韻語，此四句皆韻。）

故憂[平]愁[平]幽[平]思[仄]，（平节，仄节）

而[平]作[仄]離[平]騷[平]。（仄节，平节）

離[平]騷[平]者[仄]，（平节。以一仄与下句平节隔开。）

猶離[平]憂[平]也。（平节。以扬调结此段。）

……」（《史记·屈原列傳》）

各種成篇成段的文字中，只有價目表、人名單是毫無声调可言的，但賈谊的文中竟有三串人名，居然有抑揚可尋。试為分析如下：

「甯(仄)越(仄)　徐(平)尚(仄)　蘇(平)秦(平)　杜(仄)赫(仄)　翟(仄)景(仄)
之（平）屬（仄）為(仄)之(平)谋(平)，
齊(平)明(平)　周(平)最(仄)　陳(平)軫(仄)　昭(平)滑(仄)　樓(平)緩(仄)
蘇(平)厲(仄)　樂(仄)毅(仄)
之（平）徒（平）通(平)其(平)意(仄)，
吳(平)起(仄)　孫(平)臏(仄)　帶(仄)佗(平)　兒(平)良(平)　王(平)廖(仄)　田(平)忌(仄)
廉(平)頗(平)　趙(仄)奢(平)
之（平）朋（平）制(仄)其(平)兵(平)。」（《史记》卷六）

這裏是三串人名和三个五字的半句，每半句中末三字都是合律的，而三个句脚「谋、意、兵」是平仄平，抑揚相间。第一串人名「越、尚、秦、赫」是仄仄平仄，合於一般四句诗中第三句作隔句用的排列形式；第二串人名除「明」是開端處一个平節外，以下七个仄節，是全抑的；第三串人名「起、腹、陀、良、廖、忌、頗、奢」是兩仄兩平相间匀稱的八个節。這三串各作一个單位看，它們的錯综關係是極明顯的。第一串最短而合律；第二串雖長而主要取抑调；第三串長短与第二串相等，而完全合律，並以平節收束，最後歸揚。從以上各段看来，散文中也有聲调抑揚的问题。

有人說，漢代文章駢散不分，句法整齊的居多，不足充分说明散文中的声调问题，那麼不妨再從唐人的散文中找一篇来看。按韩愈散文的特點之一，在於打破漢魏以後的駢儷習氣，所以號稱「文起八代之衰」。他的《柳子厚墓志銘》更是他有意識地運用單行文氣，破除四六偶句的典型作品，現在摘取一段，試看其中的抑揚：

（起）「令（平）夫（平）

（一）（上）平平 居平 里仄 巷仄 相（平） 慕仄 悅仄，（三節平仄仄）

（一）（下）酒仄 食仄 游平 戲仄 相（平） 徵平 逐仄，（三仄節）

（二）

（上）詡仄詡仄強仄笑仄語仄，（全仄句）

（下）以仄相平取仄下仄。（律句）

（三）

（上）握仄手仄出（仄）肺仄肝平相平示仄，（三節仄平仄）

（中）指（仄）天平日仄涕仄泣仄，（兩仄節）

（下）誓（仄）生平死仄不仄相平背仄負仄。（三節仄平仄）

（四）

（轉）真平若仄可仄信仄。（兩仄節句）

（五）

（上）一仄旦仄臨平小仄利仄害仄，（三仄節）

（中）僅仄如仄毛平髮仄比仄，（律句）

（下）反仄眼仄若仄不仄相平識仄。（三仄節）

（六）（上）落（仄）陷（仄）井（仄）不（仄）一（仄）引（仄）手（仄）救（仄），（三仄節）

（下）反（仄）擠（仄）之（平）又（仄）下（仄）石（仄）馬（平）者（仄），（三節平仄平）

（结）皆（平）是（仄）也（仄）。」（仄節）

這段文作者為表達一種悲憤的心情，所以前十二句全取抑调，最後「石馬」一揚，结句仍歸於抑。但在各句中的各節，则大部分是平節仄節相间。讀起来，雖有連续抑调，却毫不死板沉悶。散文中這種抑揚，本是一般具有的，只因它不如駢文那樣明顯，所以读者不易覺察。這裏再舉宋代王安石的一篇来看。《读孟嘗君傳》通篇沒有對偶句子，純是單行文氣，但它的声调抑揚，仍是有迹可尋的。

「世　皆[平]稱[平]　孟嘗君　能　得[仄]士[仄]，（平节、仄节，抑调。）

士　以[仄]故[仄]　歸[平]之[平]。（仄节、平节，揚调。）

而　卒[仄]賴[仄]　其[平]力[仄]，（两仄节、抑调。）

以　脫[仄]於[平]　虎[仄]豹[仄]　之[平]秦[平]。（三节平仄平、揚调。）

嗟[仄]乎[平]，（平节）

孟嘗君　特

雞[平]鳴[平]　狗[仄]盜[仄]　之[平]雄[平]　耳，（三节平仄平，揚调。）

豈[仄]是[仄]　以[仄]言[平]　得[仄]士[仄]。（三节仄平仄，抑调。）

不然，（平節）
擅齊之強，（兩平節）
得一士焉，（仄節，平節）
宜可以南面而制秦，（兩仄節，一平節）
尚何取雞鳴狗盜之力哉。（四節仄平仄平）
雞鳴狗盜之出其門，（四節平仄仄平。自「然」至「門」全取揚調。）
此士之所以不至也。（三仄節，全取抑調，語調肯定而有力。）」

（王安石《讀孟嘗君傳》）

這裏抑揚呼應 读起来相當順口。當然並不是
说一切散文都完全具備這樣條件，更不是说作
古典式散文必須用這樣的声律。只是说明古代
散文常有這種情況而已。

從前文人誦读文章，講究唸字句有輕重疾
徐。有人不但读詩詞拿腔作调，读駢散文章也
常是這樣。還有人主張學文章要常聽善读的人
誦读，最易得到啟發。現在可以明白，所謂善
读文章，除了能傳出文中思想感情之外，還能
把声调的重要關鍵表現出来。例如把領、襯、尾和

次要的字句輕读、快读，把音節抑揚的重要地方和重要的字、句重读慢读。哪一句、哪一組是呼，哪一句、哪一組是應，藉此表現出来。聽者不但可以從声调的抑揚中領會所读文章的開合呼應，獲得更多的理解；又可在作文時把声调安排得与内容相適應，而增强文章的藝術效果。只是從前提倡這種辦法的人和當時的读者与聽者，都沒有具體地說出其中的所以然罷了。

補注

①《柳南隨筆》说白居易《西樓月》仄韻一首《長慶集》編入律體，方氏《律髓》亦收之。按这究竟是少数的例子。

②杜甫《黃河》絕句二首前首平韻、後首仄韻，同編在卷四古體中。《屏跡》五律三首其三為仄韻，同編在卷十二近體中。都因同組難分，有所牽就。

③鍾氏《詩品》又记谢靈運自稱的佳句有：「池塘生春草，園柳變鳴禽」一聯，「春」字有

「蠢」讀，見《考工記・梓人》鄭注。那麼這是C乙和D1的兩個律句。

一九九零年四月再校一遍　啓功記